JN125428

広（ひろい）の物語

たなか りつこ

文芸社

広の物語　目次

フリージア

　フリージア。その花の、春風に乗って漂う控えめな柑橘系の匂いは、どこか待宵草に似ている。オレンジジュースにミルクを一滴だけ落としたような柔らかな黄色と、少し遠慮がちに日陰に伸びた薄緑の葉の色は、母娘二代に亘って成人式の着物と帯に使われた。

　花の先を恥ずかしげに細く広げて咲く、そのフリージアのいじらしさが、なによりお気に入りだという母は、自分の娘をフリージアの花にちなんで、広（ひろい）と名付けたのだった。

　フリージアの開花は春だが、球根の植え付けは秋だ。広は、秋に生まれた。

　広が物心ついたときには、すでに母さんとの二人暮らしだった。札幌の東の外れにある古いアパートの二階、小さな二間の角部屋。広は何度か足を滑らせて、急な階段から転げ落ちたこともあったが、運よくスポッと階段下のベビーカーにハマり、怪我をすることもなかったという。それを大家さんが見かねて、転倒防止用の柵と手すりを急ごしらえで備え付けてくれたそうだ。

　母さんは、お風呂上がりに黄色い柄のタオルケットで、広を包み込みながら、広の耳元でごにょごにょと何やら話しかけたものだった。くすぐったくて、アハハと笑いながら、広は、その日保育園であった出来事などなんでも母さんに話すのだった。

母さんは、デパートで働いていた。広は夜遅くまで保育園で過ごし、いつも最後の一人になるまで預けられていたが、迎えに来た母さんの姿を見ると転びながら走り寄り、親子で笑い出してしまうのだった。

広は、年中転んでばかりいる子どもだった。そのうち、歩くのが下手だということが、母さんを不安にさせ始めた。歩こうとすると、右手と右足が一緒に動く。それに、右足と左足がよく絡まってしまう。

五歳になっても、それが治らないので、母さんは広にとっては初めての大きな病院に娘を連れて行った。

医者は、母さんに告げたという。

「外科的には、運動神経系等の機能面で、なんの問題もありません」

そう言われて、母さんが安心したのは、束の間だった。

「小児科内の精神科にカルテを回しますので、診察を受けてください」

と言われたそうだ。

広は、わけも分からないまま、三段重ねのアイスクリームのような淡い色の、ピンク、黄色、水色の壁に囲まれた病棟に連れて行かれた。

若くて、ちょっとかっこいいお兄さんやお姉さんとお話ししながら、いろいろなおもちゃやゲームで遊べたのでうれしかったことを、広は今も覚えている。

広は長じてから聞いたことだが、その間に、ミラーガラスの向こう側で、母さんは、とても衝撃的なことを言われたそうだ。

「お子さんはかなりＩＱが高く、しかも人の感情を受け取る力が高いのですが、まだ表現する力が不足しています。しかし、すでに多くのことを理解してしまっています。これからは、お子さんを子ども扱いしないで、お母さんが思うことを全て話してあげてください。特に、お父さんのことについては、お母さんから、丁寧に、隠しごとをしないで、愛情を持って説明してあげてください。知らない、とか、分からない、で言葉を終えてしまってはいけません。お子さんは、こんなに小さいのに、自律神経失調症の症状が出始めています。このままだと、言語能力があるのに、話せない緘黙症（かんもくしょう）や不眠症、チック症状が出るかもしれません。成長期、ストレス性の不安や焦燥感（しょうそうかん）による不眠は、脳にかなりダメージを与えます。お母さん、あなたもきっと、かなりＩＱが高かったのではないでしょうか。

そうだとすれば、現在のお子さんの苦労は、手に取るように分かるはずです。あなたが歩んでいらした道なのですから。あなたが、子どもの頃、大人から、こうしてほしかった、とお感じになったことを思い出されて、お子さんに接してあげてください」と。

その日の晩から、母さんは娘と友達みたいになった。なにより、広を決して子ども扱いしなくなった。会話の中で、広が不思議に思って質問すると、「後でね」と言わなくなった。広の質問に、「母さんの独断かもしれないけれど」という前置きを付けて、聞いたことにはなんでも答えてくれた。母さん自体が分からないことは、広と一緒に本で調べてくれて、解決していった。

母さんは感情が高ぶると、広の前で平気で涙を見せるようになった。おまえには真似してほしくないけれど、と言いながら、他人のちょっとした悪口も聞かせてくれるようになった。

広は、一番身近な大人の顔色を窺いながら生きていかなくてもよくなり、気が楽になった。そして、いつの間にか、嫌なことを嫌といえる子どもに変化していき、緘黙やチックの症状が出ることはなかった。

やがて半年もすると、うまく歩けるようになった。

広の小学校入学式の前日、母さんは、思いっきり広の髪を短く切るように、美容室のおばさんに頼んだ。それまで、お風呂場でのママさんカットだったから、初めての美容室体験で、広はおすましして自分の髪の毛がどんどん短くなっていく様子をじっと見つめていた。

「わー、かっこいい。ショートカット、やっぱり広に一番似合うわねえ」

いつもはママさんカットの腕前を自画自賛していた母さんが、その日ばかりは、

「やっぱり、プロって違うわねえ。餅は餅屋、ってこのことねえ」

と言うので、広は笑った。本当はロングヘアーの巻き髪も好きだったし、可愛いブラウスやスカートも好きだったけれども、日常生活はショートカットと、それに合うTシャツとジーンズの服装でいいや、と思うのだった。母さんが優しく自分の髪を撫でながら、髪の色艶を褒めながら喜ぶ様子を見ることの方が、ずっと広には大切なことだった。

しかし、それはいいことばかりではなかった。広は、その名前と髪型のせいで、入学式の日から、屈辱と否定の毎日を過ごしてきたような気がする。

「違うよ。ひろい、だよ」

「私は男じゃないよ。女だよ」

誰かが自分の名を誤って呼んだときや、自分の性別を取り違えるたびに、恥ずかしさと小さな怒りで顔が熱くなったものだ。また、その思いと同時に、呼び名の否定と訂正を繰り返してばかりいる自分にも、内心嫌気(いやけ)がさしていた。でも訂正は止められなかった。

「私は、私なのだから。広という自分は、ひろいと呼ばれてこその、自分なのだから……」

幼なじみは、「ひろいちゃん」と親しみを込めて呼んでくれた。

ところが、新しい環境では、自分の態度が初めから硬い卵の殻に覆われてしまっているように思えた。どうしても、身構えてしまうのだ。

「母さん、どうしてこんなにヘンテコな名前、付けちゃったの？」

と聞いても、母さんは、

「ちっとも変じゃないよ。素敵な名前だよ」

と言って、にこにこと笑うばかり。そして、

「名前を呼ばれてしっくりするときが、いつか必ず来るから」

と言うのだった。

経済的に決して豊かでなかった頃から、ずっと母さんは広の誕生日に、必ず何十本もの黄色い花をブーケにしてプレゼントしてくれた。

九月の誕生日は、部屋中にお花のいい匂いが漂う日。

自分の誕生日というものに、ほんのりとした幸福感を味わわせてくれた花の香り。

母さんの好きな花の香り。真冬に生まれた母さんは、自分の誕生日には特別気を配らなかったけれど広の誕生日には「母さんの分も」と言って、フンパツしてくれたのだった。

それは広の孤独を包み込み、そっとどこかに連れて行ってくれる魔法の香りだった。

芙蓉（ふよう）

広が小学校に入学して数カ月後、夏休みに入ったばかりのときだった。晩ご飯を食べ終わっても、食卓テーブルにまだ向かい合って座り、二人でのんびりテレビを見ながら、というシチュエーションの中で、広は、突然母さんに聞いていた。

「ねえ、広の父さんは、今どこで何をしているの？　死んじゃったの？」と。

母さんは、心の中で、（来た、来た、キター）と思ったそうだ。

「父さんねえ。そうね。きっと、母さんと広がこうやって、向かい合って晩ご飯を食べているように、父さんも、広の弟と、向かい合って晩ご飯を食べているかもしれないわね」

広は、押し黙ってしまった。

（知らなかった、知らなかった。いや、忘れていた。弟のこと）

ぐるぐると、かすかな記憶の断片が、広の頭の中を巡り始めた。

「弟ってさあ、誰だったたっけ。名前、忘れちゃった」

「そうねえ。広と蓉（よう）は年子だから、蓉が一歳になったか、ならないかっていうとき別れたから、広は三歳になっていなかったと思う。覚えていないよねえ。蓉は、植物で、紫色の花を咲かせる、芙蓉(ふよう)の蓉の字。漢字、広はまだ習っていないだろうけれど、まあ、そのうち、覚えてね。くさかんむりに寛容の容って書くの。くさかんむりの下に、うかんむりに、谷って書くのよ」

「蓉か。そうだ、思い出した。ちょっとだけ、弟のこと、記憶あるよ。クリーム色のおくるみを着ていたよね」

母さんは、寂しそうに微笑(ほほえ)んで、何も言わずゆっくりと広から視線をはずし、窓の外の景色を見つめた。きっとそのはるか遠くのずいぶん昔の景色を見ているのだろう、と、広は感じ取った。

「なぜ、蓉って名前にしたの?」

と、広は、母さんの横顔きれいだなあ、と思いながら、そっと聞いた。

「芙蓉という花の名前からとったの。芙蓉は、とってもきれいな薄紫色の花を咲かせるの。それに、次から次へと開花して、結構長く咲くのよ。蓉は、美しい、きれいな赤ちゃんだったの。親が美しい赤ちゃんというと、親ばかになるけれど。その頃、父さんが、庭に咲いている芙蓉の花みたいだって言ったの。それで、決まり」

「父さんと母さんは、なぜ別れたの？　なぜ、広と蓉は、離れちゃったの？」

素朴な疑問が、広の口をついて出た。それは、聞きたくても聞けなかったことだった。

その日、受け持ちの先生から、お父さんの仕事についての宿題が出ていたので、

「でさあ、お父さんのお仕事ってなあに？　先生からの宿題なの」

と、母さんにさらっと聞いた。その質問が口から出た後、急にドキドキが始まった。

薄緑色のカーテンが、除湿・加湿器から吹き出す空気のせいで、少しだけ揺れていた。

それを眺めているうちに、広は、なぜか、（今夜を逃したら、もう二度と聞けなくなる）と思ったのだった。

広は、真剣だった。その真剣さは、すぐに母さんに伝わったようだ。きっと、母さんも、そのときを逃したら、話せなくなる気がしたのかもしれない。

「お父さんのお仕事かあ。そうだなあ、今はね、水質調査員、かな。きっと、ね。あの人も母さんも、民間企業で働いているから、人に説明するときは、会社員、でいいのじゃないかな。お父さんの仕事は、カイシャイン。でねえ、さっきの質問に戻って答えるとね」

そう言って、母さんは少し息を吸った。そして話を続けた。

「蓉は、父さんの子どもじゃないの。母さんと、父さんじゃない人との間に、できた子ど

も。蓉が生まれようが生まれまいが、母さんは、もう、父さんとの生活を続ける気はなかったの。でも、広、あなたとの生活は、手放せなかった。自分が裏切ってしまった父さんへの償(つぐな)いに近い気持ちかなあ、父さんの血を引く広を大切に育てていこうと決心していたから。母さんは、今でも父さんが好きよ。でも、蓉の父親のことは、ちっとも好きじゃなかったの。父さんは、それを見抜いていたのかもしれないわね。別れるとき、条件を出したの。『僕に、蓉を預けてくれるなら、それでいい。離婚しよう』と言ったわ。母さんが蓉を引き取ると、きっと虐待でもするのではないか、と心配したのかもしれない。虐待まではいかなくても、広ばかり可愛がるとか、ね」

口をつぐんだ母さんに、広はそれ以上、何も聞けなかった。その前にするべきことがあると思った。

そのとき、広には分からない言葉がたくさんあったのだ。それで、とにかく母さんが語った全ての言葉を記憶しようと思った。頭の中で何度も何度も思い返しては、こっそり平仮名で紙に書いて、鍵のかかる自分の机にしまい込んだ。母さんは、勝手に広の机の中を見るような性格ではなかったので、きっと、大丈夫、と思った。

全部覚えてしまうと、母さんに気づかれないように、ゴミ出しの日に、他人の家のゴミ袋の下の方に押し込んで、メモを捨てた。心の中に母さんの言葉を、そっくりそのまま刻み込んだ。

広は、小学校高学年になっても、やっぱりよく転んだ。でも、それは、自律神経失調症に由来するものではなかった。ただ単に、広がほとんど運動をしないで、本を読んだり、一人であやとりしたり、空想ばかりしていたせいだった。運動神経がよく発達するという小学校四年生から五年生にかけて、スポーツよりも読書と空想に時間を費やした広は、普通の子どもより、ちょっとだけ運動神経が発達しなかったらしい。でも、広のＩＱの方は、どんどん伸びていった。かかりつけの医師から、大学の研究機関を紹介してもらい、母さんは親としての知識を学んで、広が日常生活で困らないように、いろいろな配慮をしてくれた。ＥＱ（情動の知能指数）やＰＱ（知恵を育てる能力）というのも伸びるように、工夫もしてくれた。

広は、母さんと二人の生活で、いつもは満足していたが、一人になると、ふっと弟のことが気になった。それで、空想の主人公は、いつも弟の蓉に決めていた。暇なときは、いつもクラスの男の子をモデルにして、美しい少年の物語を空想して楽しんだ。

広は、誰にもその物語を話さなかった。母さんにも。蓉の実の父親をちっとも愛していないと、きっぱりと娘の自分に語った母さんに、これ以上昔のことを思い出させるようなことはしたくなかった。

小学校六年生の、五月五日だった。

広一人で留守番していると、突然、涙が出てきて、止まらなくなってきた。

「子どもの日」は、男の子のお祭りの日、私はお留守番。

母さんは、私のためにデパートで働いている。きっと今頃、紳士服売り場で、ネクタイや背広やワイシャツを売っているはず。分かっていてもつらい。寂しい。悲しい。

鯉のぼりが、窓の外で泳いでいる中、私は一人。

風に吹かれて、空をすいすい泳ぐ大家族の鯉のぼり。なのに、私は一人。

「蓉、会いたいよ。父さん、会いたいよう」

わんわん泣きながら、広は、思わず知らず叫んでいた。

広は、部屋でずっと泣いているのがますます嫌になったので、アパートの南向きの窓から見える、小さな栗の木公園まで、下を向きながら、とぼとぼ歩いていった。

何人か親子連れや子どもたちの姿があったが、知らない人たちだったので、少し安心した。知っている誰かに泣き顔を見られたくなかったので、広は、男の子のような野球帽を深くかぶって、下を向いたまま歩いた。

ベンチに座って、広はじっと時が過ぎるのを待った。昼時になると人影はまばらになり、ブランコが空き始めた。

広は、まだかすかに揺れていたそのブランコに乗り、足こぎした。やがて、揺られながら、ふっと思った。

もしかしたら母さんは、私より、もっと父さんに会いたいのかもしれない。

母さんは、どんなに蓉が母さんに会いたいと思っても、蓉には会いたくないのかもしれない。

そう思うと悲しくて、広は、

「会いたいよう、蓉に会いたいよう」

と小さな声でつぶやきながら、また泣いてしまうのだった。

鯉のぼりは、空に色とりどりの鱗（うろこ）を光らせ、九匹も連なって泳いでいた。

「大きい真鯉はお父さん、小さい緋鯉は子どもたち……」

広は、いつの間にか、か細い声で、「鯉のぼり」の歌を口ずさんでいた。

何度も何度も、繰り返しながら。

どれくらいの時間が過ぎただろう。ときどき、柔らかな風が吹き始めた。散っていく桜の花びらが、ふわふわと風に舞う「栗の木公園」には、まだ数組の親子連れや子どもたちの姿があった。広を遠くから心配そうに見つめる親子連れもいた。ああ、さっき泣いていたのを、きっと見られたのだなあ。でも、知らない男の子とおじさんでよかった。

体の中からグーッと大きな音がした。広は急に、おなかが空いていることに気がついた。それで部屋に戻ることにした。電子レンジでチンすればいいだけの、マカロニグラタンを温っためて食べようと決め、勢いよく足でこいでからブランコを飛び降り、家に向かって走り出した。

ぐうぐう、おなかがなるたびに、どんなに寂しくてもしっかりおなかが空いていくのが分かった。広は一人、笑い出してしまった。部屋に戻って、母さん手作りのグラタンを温め直し、スプーンで一口すくい、口に入れると、さっき寂しくて泣いていたことが嘘のように、心の中は、満たされていった。

「公園で泣いたから、元気になれたのかも。泣くって、お薬みたい」

広は、独り言をつぶやいていた。

サクランボ

母さんは、五十歳で亡くなるまでデパート勤務だった。広が小学校六年生に上がるというとき、女性管理職として活躍するようになっていた。

母娘で生活するためのお金に不自由はしなくなったけれど、広が母さんと過ごす時間は、極端に少なくなった。広は放課後から夜遅くまで、一人ぽっちということが珍しくなくなった。

「ねえ、広。お金がなくて貧乏だけれど、母さんが家にいるのと、母さんが家にいる時間は少ないけれど、貧乏はしないのと、どっちがいいと思う?」

と聞かれたとき、

「ものすごい貧乏は、ちょっと嫌だけれど。母さんの好きな方でいいよ」

と言った。

「じゃあ、母さん、遅くまで働いていいかなあ?」

と聞かれたとき、つい広は、

「いいよ。私、放課後習い事するよ」

と言ってしまったのだった。

それから、週に二回、広は近所のお寺でやっている「放課後子ども英語塾」に通い始めた。そして、平日は無料の児童館で友達と過ごすことができた。でも、母さんが土日も関係なく働き出すとは思っていなかった。


広が中学生になると、母さんが家にいるのは、ほんの少しの時間になってしまった。

その短い時間の中で、母さんは、日々の出来事を面白おかしく、広に話して聞かせた。会えないときには、チョークで書くミニ伝言板に、心のこもった言葉を用意してくれた。

「広へ。あなたの好きなマカロニグラタン、冷蔵庫に入っています。チンして食べてね。あなたにラブラブな母より。今日母さんは、お仕事上の試験日。しんどいけど、フラフラ、ブラブラしないで頑張るから」

毎日毎日、心を込めて、親友に打ち明けるように言葉を用意してくれるのが伝わってきたので、広は大きな反抗もしないで、ぐれないですんだ。

一緒の晩ご飯のときには、いつも驚くような話を聞かせてくれた。

「五百人くらいデパートの売り子さんがいてねえ、その中で、男性社員がたったの五人。たったの五人よ。いったいどうなると思う?」

「たいしてハンサムじゃなくても、モテモテになるのかなあ」

「そう思うでしょ。ところが、違うのよ。五人とも、とっくに結婚している中年男だもの」

「じゃあ、軽く扱われるとか」

「さすが、広。その通り。まず、たかろうとするのよ。たとえ、一杯のコーヒー代は安くても、コーヒーをおごる男の方にすれば、何十人ともなるとすごい金額じゃない。だから、物産展とか特別セールとかのご褒美として、成果を上げた女子従業員に特別におごりたいわけだけれど、コバンザメ女がめざとく見つけて、くっついていくのよねえ。それからねえ、仕事が終わった直後の制服を着たままのブラジャーの抜き取りとか、女子高生のようなこと、平気で男の上司の前でやっちゃうの。みんなでやれば怖くないっていう感じで。男の上司の頭の上を、抜き取ったブラジャーが、何枚もキャッチボールのように行ったり来たり。でも、顔色一つ変えないで、男の上司たちは、しっかり通常業務をこなすわけ。赤だの紫だの、だんだんエスカレートしていって、ちらっとでも見ようものなら変態扱いよ。お気の毒に、女性恐怖症になっちゃうわよねえ、と思うでしょ。でもね、はみ出しすぎるとね、翌年、業績不振を理由に、突然、その女性従業員が解雇勧告を言い渡されるの。リストラっていうやつ。上層部にとって、女子従業員は使い捨てっていう感覚があるのよ、やっぱり。一人、リストラが出ると、みんな妙に節度ある態度に変わるの。他人のリストラで、自分の不利な立場を思い知らされるのよね」

広は、母さんの話を聞きながら、分かりやすくていいな、と思った。

大人になってしまえば、この世の苦しみから逃げられるのかなあ。

成人してからも、サクランボを口に入れるとき、ふっと当時の記憶が広によみがえる。あのときの感情は、今もそっと心の奥底から取り出すことができた。サクランボを食べ、プッと種を吐き出す、という行為とセットで、記憶がつながっているのだ。そして、サクランボを頬ばるとき、中学校生活の思い出が重なるのだった。

広は、小学校時代の友達と離れて、私立の女子中学校に通い始めていた。

この世の中が美しく調和することで成立している奇跡を感じ、広は自分がいつ死んでもいいと思う反面、早く大人になりたい、とも思っていた。

小学校のときは熱を出すと、母さんが会社を休んで自分に付き添ってくれたのがうれしくて、子どもでいたいと思ったが、もう一方で、迷惑をかけて悪いなあ、とも思っていた。

中学生になると、広は、無邪気な普通の子どもではいられなかった。

広は、大人の心情という不確かなものを学ぼうとした。区の図書館に行って、大人の読む本を借り、それらの本を読むことで補いながら、この世の不条理を知っていったのかもしれない。分からないことだらけの大人の本。でも、いつか分かるだろう、という予感。

空想することで、現実を乗り切ることができるのかもしれない、という希望。

女子中学校に入学してから、広の机の隣には、いつも決まって一人の女の子が割り当てられていた。

その女の子は、乱暴だった。何かというと、すぐに広の髪の毛を引っ張った。彼女は、上手に言葉を話せなかったのだ。うまく話そうとすると、吃音(きつおん)になってしまうので、みんながそれを笑う。すると、なぜか、彼女は八つ当たりして、広のお下げ髪の先っぽをぎゅっと引っ張るのだった。広は痛くてたまらないから、逃げると、彼女は泣くのだった。そして何度も「ごめんなさい」と言っては、泣く。広以外の生徒は一致団結して、彼女を仲間はずれにしたり、陰口を言ったり腕をつねったりして、悪さを繰り返していた。

でも、広だけは、何もしなかった。立場を変えて、自分が、もし言葉を奪われたとしたら、いったいどうするだろうか、と考えてしまうからだった。一瞬だが、爆弾を作ってクラスを吹き飛ばすかもしれない、という想像が働いたのだ。広は、その少女を心の中で、「吃音少女」と呼び、距離を置いていたが、決して理解不能な存在ではなく、心の奥深いところで尊敬さえしていた。

（今を生きているだけ、すごいよ、この人）と。

広の中学校では、教科・科目によって教室が変わり、座る席が自由だった。

「吃音少女」は、広の隣の席が空いていると、必ず隣に座った。広は、その少女が机から消しゴムを落とすと、拾ってやるくらいのことしかしなかった。すると、少女は試すように、広のお下げ髪を引っ張るのだった。

広は、あるとき、エクステンションを着けて登校した。自毛が減ったような気がしたので、担任の先生にわけを話して、付け毛を認めてもらうよう直談判したのだ。先生は、日頃から広の寛容さに敬服していたので、二つ返事で付け毛の件を承諾してくれた。

お下げのエクステンションは、引っ張られても全然痛くなかった。それに、引っ張るとズリッとずれるので、気味悪がって、「吃音少女」は広の髪に手を出さなくなった。

二学期になると、「吃音少女」は、広をじっと観察するようになった。見つめられているのが分かると、広は彼女を見つめ返して、にいっと歯を見せて、笑顔を作った。猿の真似だった。半分ゲームのように、いつもそうした。縄張りを主張しながら、狭い教室の中に詰め込まれて生活しなければならない自分たち。

「吃音少女」も自分も、檻の中の猿と一緒。心の中で広はいつしか「吃音少女」から「ともよちゃん」と呼び名を変えていた。

授業は、広にとっては、初めのうち、なんだか面白くなかったのだが、授業中メモを取り、図書室で気になったことをさっと調べていくうちに、自分の趣味趣向が広がり出して、爆発的に知識の量が増え始めた。

心にヒットしたことから発展して、ひょんな質問をしてみると、広の資質を知った、それぞれの教科・科目の、どの先生からも誠心誠意の答えをもらうようになった。すると、いつの間にか授業が楽しくなった。

この世は調和に満ちている。自然は美しい。人もみな美しい。私は、いつ死んでもいいのだ。

そんな気がしたが、一つだけ心残りがあるのだった。

広は、ときどき蓉に会いたくなった。きっと一度も母さんから愛されなかった、かわいそうな弟。でも、父さんに会いたいとは思わなかった。

「父さんは、蓉と引き換えに、私を捨てた」

そう思うと、自分で自分が惨めになってしまうのだった。会いたいと思うより先に、切なくなる。父親を恨んでいるわけではないけれど、父親に捨てられた悲しみは、時がたつにつれて、なぜか深まっていくのだった。

蓉は今も、きっと美しいのかな。母さんそっくりの、二重で大きくて、焦げ茶色の瞳。私は、父さん似の真っ黒なドングリ目と、切れ長のまぶた。父さんの若い頃の写真を初めて見たとき、そう思ったっけ。

でも、私は、父さんと母さんの、どっちの顔も好きだ。

毎夜、広は流れ星にお願いした。流れ星が見つからないときには、夜空に一番輝く星に向かって。

「蓉に会わせてください」と。

広はともよちゃんと机を並べて三年間、授業を受けた。

一年生の二学期後半から、ともよちゃんは、とても落ち着き出した。まるでカトリック寺院のシスターのように、誰にでも公平・平等に接する広に感心して、クラスの誰もがともよちゃんをからかわなくなったからかもしれない。

「奇跡だ」と、周りの生徒たちが言った。

「広ちゃん効果だ」と、誰かが言った。

「吃音少女」のともよちゃんには、当たり前だが、ちゃんと苗字もあった。

「大坂ともよさん」と呼ばれると、

「ははは、いいいいいいっ。おおおお、おーさささかかかか……でです」

と相変わらず答えていたが、教科書の音読のときだけは、なぜか、すらすらとなめらかに読むのだった。

「春はあけぼの。ようよう白くなりゆくやまぎわ、少しあかりて……」

古典の朗読は、絶品だった。みんなが聞き惚れるほどに。

「大坂さん、とても朗読が上手ね。ずっと聞いていたい気持ちになるわ」

と、小さな声で広が言うと、

「ありがとう」

と、もっと小さな声で、ともよちゃんが、はにかみながらも、すらっと答えたので、広はびっくりした。

でも、一番びっくりしたのは、言った本人だったかもしれない。口に手を当てて、目を真ん丸くして、数分ぽかんとしていた。

広と大坂ともよは、そんなことがあってから次第にうち解け、会話が増えていった。広の前では、ともよちゃんは、小さな声だと、ちっとも吃音にならないで話せるようになった。

広にとって、大坂ともよは、いつしか苦手な相手ではなくなっていた。

ともよは、

「私、サクランボが好きなの。だって、サクランボの木の中に、アオバトが隠れているでしょ」

と、広に打ち明けるのだった。

新鮮だった。

サクランボが好きという同級生は、ほとんどみんな、食べておいしい、絵にしても可愛い、という固定観念の世界の中で生きているからだった。

広は、アオバトなんて見たことも聞いたこともない、と思っていた。あまりに新鮮だったので、その夜、

「母さん、アオバトって知っている？」

と聞いてみた。

「ええ。ほら、ここの窓から、アオバトが見えるときがあるのよ」

母さんは、当たり前のように言った。

母さんが指さした小さな窓に近づいて、広はそっとレースのカーテンをめくってみた。すると、ほんの二メートルしか離れていないところに、木々が見えたが、暗くてよく分からなかった。

次の休日、広は起きてすぐの朝、その窓の外を眺めた。山側の、日当たりが良くない北

東方向の窓の外を、広はそれまでじっくりと眺めたことなどなかった。

「青い鳥は、幸せを運んでくるんだよね」

と言うと、母さんは、

「ええ。もう、十分幸せよ。今日も一日、幸せ」

と答えた。

それは、広の耳にたこができるほど、毎日母さんが言う、聞き慣れた言葉だった。

それからしばらくして、中学校生活も悪くない、と思った矢先だった。

大坂ともよちゃんは、高校生の春を待たずに、突然昇天した。

彼女を苦しめた病気は、脳の奥深いところにできたがんだった。抗がん剤も使えず、手術もできない部位だったらしい。

吃音は、脳腫瘍のせいだったのかもしれない。出会った最初の頃の、広への乱暴も、八つ当たりも全部、脳腫瘍のせいだったのかもしれない。ここ一、二年、落ち着きだしたのは、一時的に痛み止め薬が効いて、体が楽になったからなのかもしれない。でも、脳腫瘍が消えたわけではなかったのだ。ともよちゃんは、夏休みや冬休みにしか入院しないで、かなり無理をして学校に通っていたという。

広は、何も知らなかった。彼女が壮絶な痛みと戦いながら、ようやっと学校に来ていたことさえ。彼女は、病気のことを誰にも知られないように、家族に固く口止めをしていたのだ。

「神様。アオバトは、ともよちゃんに幸せを運んだのでしょうか？」

広は、友人の死を知った日、自宅の北東の窓から空に向かって、信じていないはずの神様に向かって問いかけた。涙が後から後から流れた。


次の日、広は、生まれて初めてお葬式に参列した。読経が終わって、霊柩車が斎場の玄関前に到着したので、周りの人々と同じように目礼したときだった。

「あなたが村崎広さんですね」

と言い、ともよちゃんの位牌(いはい)を持ったお母さんらしき人が、広の前で立ち止まった。そして、静かに言った。

「あなたのおかげで、最後の最後に、ともよは幸せでした。本当の友達ができたと、何度も何度も、私たちに、学校でのあれこれを楽しそうに話して聞かせてくれました。これは、ともよが、最後に描いた絵です。よかったら、受け取ってください」

お母さんは、広の両手に黒い筒を握らせ、自分の手を重ねるのだった。

広は霊柩車とバスを見送った後、さっき渡された筒から、丸められた紙を取り出した。白い画用紙だった。少しずつ絵が見えてきた。息を止めながら、広はそれを丁寧に伸ばして広げた。

空の下、大きな木の中で、葉っぱに隠れながら、二羽のアオバトが仲良く並んで、目を真ん丸くして、サクランボを食べている絵だった。

アオバトは、笑っているように見えた。

「ともよちゃんは、自分の未来の幸せを、友達の私に、ほとんど全部分けてくれたのだわ」

と、広はその絵を見たとたんに確信した。

広は不意に、母さんがいつも口癖のように言っている、「今日も一日幸せでした」という言葉を思い出した。

その夜、サクランボの花言葉が気になって、調べてみた。

「小さな恋人」「あなたに真実の心を捧げる」

ふっと思いついた。私はきっと、ともよちゃんから恋されていたのかもしれない。男子を好きになる前の、少女期の淡い恋。

そのとき、広は、生まれて初めて、「切なさ」という感情の本当の意味を知ったような気がした。

れんげ

広は、高校生になった。電車を乗り継いで、中学校と同じ敷地内の高校に通う毎日は、あまり変わらないはずなのに、ずいぶん違う、と感じた。

特進クラスとなったため、多くの授業を、学年の違う女子生徒ばかりのクラスで受けることになったせいかもしれない。周りは、ほとんど知らない女子ばかり。丁寧な言葉遣いで、距離を置いて接し合う学友たち。学ぶところもたくさんあったが、中学校までの同級生のありがたさが身にしみた。

ともよちゃんのことで、まだ心が癒えていなかった広は、学校から帰ると、自分の部屋でぼんやりと過ごすことが多くなった。

すると、なぜか毎日のように、小学校時代の友達を思い出すようになった。

佐藤ふみ子(ね)。フミネちゃんの名前は、時間がたっても、すぐにフルネームで思い出せた。

「フミコじゃありません。フミネです」

小学校一、二年生のときの担任、山田あや子先生は、誰にも分け隔てなく接してくれた。

広にも、フミネちゃんにも、とても優しくしてくれたけれど、そんな先生ばかりじゃなかった。小学校三年生のときと五年生のとき、クラス替えがあった。フミネちゃんは、新しいクラスで暗い顔をしながら、中年の男性教師の呼び間違いを指摘していた。誰も笑わなかった。教室のみんなは、面倒くさいやつだなあ、という顔をしているだけだった。

それなのに、「村崎広くん」と、同じ男性教師から間違って呼ばれるたびに、

「ヒロシじゃありません。ヒロイです」

と広が訂正すると、なぜか、教室中に笑いがわき起こるのだった。笑っていないのは、フミネちゃんだけだったかもしれない。

男の子と間違われる自分よりも、きっとフミネちゃんは、しんどいに違いないと思い、広は、小さいときから、あまり勉強ができない地味な彼女を引き立てていた。

「フミネちゃんのスカート、売ってないやつだよね。素敵」

と広が言うと、ちょっと、にやっとしながら、

「うん。母さんが作ってくれた。うち、お金がないから、母さんが安い布地を買うんだ。それで、妹や弟の分も、一度にたくさん作ってくれるんだよ。うちね、よそ行きの服、お下がりってしないんだよ。全部、母さんが作ってくれるんだ」

とフミネちゃんは、うれしそうに答えてくれた。でも、実際その服は、キタキリスズメと男子に馬鹿にされるほど、よそ行きから普段着になっていくのだった。何回も洗濯されるうちに、よれよれのぼろぼろになり、洋服として着られなくなると、フミネちゃんのお母さんお手製の小さなバッグになっていくのだった。布地によっては、給食当番のときのスカーフになったりもした。

フミネちゃんのおうちでは、しょっちゅう水道が止められたらしい。すると、フミネちゃんのお母さんは、自転車のハンドルに大きなビニール袋を引っかけ、バスの待合所や町の外れの湧水（わきみず）や沢まで出かけていっては、廃油からできた石けん洗剤を使って洗濯していた。

フミネちゃんが身にまとうものは、いつもどこか黄ばんでいて、シミが残り、くすんでいた。それにフミネちゃんからは、ちっともいい匂いがしなかった。でも、ブラウスの襟（えり）足（あし）に汚れが溜まっているというようなことは一度もなかった。

そんなようなことを家に帰って母さんに話すと、

「フミネちゃんのお母さんは、えらいねえ。広、フミネちゃんと仲良くするのよ」

と、決まって母さんは、うれしそうに言うのだった。

広は、フミネちゃんのほかにも男女に関係なく、クラスに友達が五人くらいいたが、フミネちゃんは、広のほかに仲良くしている様子がなかった。男子は、全員一致団結して、フミネちゃんを陰で「フミゴン」と呼んで、意地悪なことをしようとしていた。それで、広が頭を働かせては、フミネちゃんをかばっていたせいか、誰も面と向かって彼女に手出しをしなかった。

「私、文月だったら、人生変わっていたかなあ」

フミネちゃんは、小学校最後の卒業式が終わって一緒に校門を出るとき、広に向かって、にやっと笑いかけ、そうつぶやいた。

そして、大きな声で、

「ねえ、広。あんたさえ友達でいてくれたら、私はいいの」

と言うと、たったと走り去ってしまった。

そのときのフミネちゃんの赤い耳と、ほっぺと、おかっぱ姿が、広の目に焼き付いた。

フミネちゃんは、おばあちゃんの初孫だったから、特別お気に入りだったそうだ。

「お母さんは文月と決めたのに、おばあちゃんが無理やり、ふみ子に変えてしまったのよね」とフミネちゃんが一度だけ話してくれたことを、広は突然思い出した。

広は、自分が「広子（ひろこ）」だったらどうなっていたのだろうと、ふと思った。

「いやだな。やっぱり、広（ひろい）がいい」

その声を公道の騒音と空に吸い込ませながら、広は叫んでいた。


フミネちゃんとは、小学校卒業まで一緒だった。

その後、広は何キロも離れたところの私立女子中学校に特待生で入学したのだが、フミネちゃんは、普通に約二キロ離れたところにある公立中学校に通い始めた。

それで、小学校卒業後は、夏はかもめーるで暑中お見舞いを、冬は年賀状と、半年に一度くらい、やり取りしていたが、やがて音信は途絶えていく。その後は町の中でも、あまり見かけることがなくなった。フミネちゃん家族の住んでいたアパートが、四十年以上前のものだったので、消防法の関係で取り壊されることになり、ちょっと前に引っ越してしまっていたのだ。

高校一年生の七月のある夜、広は夢を見た。

そこは、桃色のれんげ畑の中だった。

フミネちゃんが、お花畑の真ん中に立っていた。

「れんげってさ、七月の花なんだよ」

「へえー」

「広ちゃん、ずっとあたしと友達でいてくれるって、言ったよね」

「違うよ。フミネちゃんが、あんたさえ友達でいてくれたらいい、って私に言ったんだよ」

「同じじゃないの。ヒロイちゃんは、同じ気持ちじゃなかったの?」

「ごめん。だって、ほかの幼なじみたちに悪いしさあ」

「……。私、フラレたんだね」

そう言うと、フミネちゃんは、れんげの花の中に、大粒の涙をポタンポタン落とした。涙の量があまりに多かったので、広はすっかりうろたえた。フミネちゃんの足元のれんげを覗くと、涙はやがて大きな黒い虫に変わり始めた。れんげをはみ出すくらいの、その大きな虫は、数えてみると、六匹いた。背中がてかてか光って、ゴキブリに似ていた。

やがて、次々に虫の背中から縦に亀裂が入り、ぱかっと割れたと思うと、中から黒い蟻がうじゃうじゃ這い出し始めた。そして、フミネちゃんの足元に絡まり始めた。

ああ、フミネちゃんの白いソックスが汚れていく。どうしよう、どうしよう。

そこで、広は、目が覚めた。広は小学校時代、佐藤ふみ子（ね）ちゃん以外、誰とも心を通わせていなかったことに、やっと気づいた。

なぜなら、小学校時代一緒に過ごしたはずの彼らや、彼女らの氏名を、ほとんど覚えていなかったからだ。担任の先生すら、苗字でしか覚えていなかった。花田先生、市川くん、真生ちゃん……。思い出そうとしても、はっきりとは正確な氏名を思い出せないのだ。ニックネームのみが、頭の中をぐるぐる回るだけ。

「ごめんね。やっと、気がついた」

どれだけ、フミネちゃんが自分にとって大切な友達だったのか。

広は、フミネちゃんに手紙を書いた。転居して一年間くらいは、古い住所に手紙を送っても、新しい住所に転送してもらえることを、広は母さんから聞いたので、とりあえず、元の住所に送ってみることにした。広の住所は、前とほぼ同じで、最近番地が変わっただけだった。すぐ隣に引っ越したからだ。

お元気ですか。村崎広です。小学校の卒業式の日に、一番の友達は誰か、答えられなかったけれど、今思い返してみると、フミネちゃんだったのだ、ということが分かりました。昨日、フミネちゃんの夢を見たのです。それで懐かしくなって、こうしてお手紙を書くことにしました。

元気でいるなら、お返事ください。

私は、今も私立の女子校に通っています。友達は、数少ないけれど、いることはいます。ほとんど大多数の人には、いつも本心を言えないで、困ってしまうことばかりです。頭の中が普通の人より老(ふ)けている自分は、その分、つらいことも多いのです。

広より

佐藤ふみ子様

それから間もなく、フミネちゃんから官製はがきで返事が来た。

ヒロイちゃんへ　こっちは元気です。やっぱり今も、友達と呼べるのは、ヒロイちゃんあんただけ。中学校では、転校していきなり制服が、みんなとまるっきり違うから、目立ちたくないのに目立っていたの。高校では、卒業していった人の古いやつをもらい受けて、母さんが手直ししてくれたから、やっと目立たないですんでいるのよ。それにしても、私、今も男子がすごく嫌いです。あはは。ヒロイちゃんは女子校かあ、いいなあ。じゃあ、ヒロイちゃん、元気でね。フミネより

簡単で、フミネちゃんらしい、と思った。

フミネちゃんの転居先の住所が、何十キロも離れてしまったことを、広はそのはがきで知った。

広は、それから何度か、フミネちゃんに手紙を書いた。そして、フミネちゃんからは、広が送って一カ月後くらいまでには必ず、はがきでの返事が来た。

広は、ときどき、付箋の束にパラパラ漫画を描いて、母さんと自分の心のすれ違いや、教室での勘違いや、女子中学校ならではの、三年前初めて知った学校文化を、フミネちゃんに伝えた。

たとえば、知らないうちにスカートのポケットに穴が空いていて、トイレに行こうと立ったとき、ぽろんと生理用ナプキンが椅子の上に落ちたので、ぎゃーっと思いつつ、男の先生に見られないように、クラスメートに壁を作ってもらって、さっと制服の袖に突っ

込んだ様子を描いて送ったら、

「あー、面白かった。ナプキン、ああやって制服に突っ込んだのかって、ヒロイちゃんの姿を、リアルに想像しちゃったわ」

とフミネちゃんは、とても喜んでくれた。

でも、あるとき、フミネちゃんから、

「ヒロイちゃんの付箋、実用で使っていいですか。妹たちが、普通に付箋として使いたがって、欲しがるのよ」

というお願いのはがきが届いた。

広は、ちょっと悲しかったけれど、「いいですよ。自由に使ってください」と返事を書いた。

フミネちゃんは、とても喜んでいた。

「フミネちゃんと私は、曼荼羅(まんだら)の修行中みたい」

と、広は手紙に書き添えた。

「曼荼羅か。砂できれいな絵を描いて、完成したら、また砂に戻すっていう、あれね。欲望を捨てる修行なのよね、確か。人生、そうやって暮らせたら、いいのにね」

ずいぶん大人びた返事が、フミネちゃんから届いた。

文通は途切れがちだったが、細く長く続いた。

「フミネちゃん、高校に上がるとね、私にもやっと心底、友達と呼べる人が見つかったのよ」

と広は、フミネちゃんに手紙を書いた。「ともよ」という親友が死んでしまったことは、まだ書かないことにした。

「本当に良かったね」

と、すぐにフミネちゃんから返事が来た。

でも、それきりだった。

その返事の後、数カ月に一度、広は手紙を送ったが、フミネちゃんから返事が来ることは、なくなってしまった。

広は、返信のない手紙をずっと送り続けた。時には、絵だけ送ることもあった。

色鉛筆で曼荼羅の塗り絵をしながら、広は、そっと祈った。

「どうか、フミネちゃんが幸せでありますように」

曼荼羅の絵に色を塗るという行為は、最初中学校の美術の時間に習った。すっかり気に入った広は、自分の趣味の時間にも、取り入れるようになった。

絵の中では、れんげの花が高貴な光を放ち、ひっそりと咲こうとしていた。

広が自作した、様々なれんげの花のスケッチと塗り絵は、その後、広の部屋中にあふれていった。れんげの花をスケッチして色を塗る行為そのものが、広にとって「意味のある時間」になっていたのかもしれない。本屋に行けば、大人用にいろいろな塗り絵の本が売られていたが、広はいつもれんげの花の絵を買った。醜い心が消えて、濁りがなくなり、透過され、広の心が純粋な水になっていくような、そんな感じがしたからだった。

なでしこ

なでしこ。撫でたくなるほど、可愛らしい花。だから、漢字で書くと、撫子。花言葉は、純愛。

広は、たまらなく、なでしこの花の香りを嗅(か)いでみたくなるときがあった。淡いピンク色の花びらの中心には、赤や黄色やクリーム色が見え隠れしていた。スーパーマーケットの一階にある行きつけの花屋さんには、自分の知っていたのより、ずっと種類があった。種類や季節によって、それぞれ香りも違うことを少しずつ知った。

思春期になって、こっそり母さんの仕事用の、外国のファッション雑誌を開くと、なでしこの香りがした。フリージアとは違う、いい匂い。香水を薄めて、日向(ひなた)に置いておいたような香り。おしろいの匂い。なでしこは、三百種類もあるらしいが、香水のようなよい香りの品種を、「香りなでしこ」と呼ぶそうだ。広は、ときどき大好きな花を植物辞典で調べては、知識を増やしていった。

高校二年になってからの同級生に、なでしこの香りがする女子がいた。何人もの取り巻きに囲まれて自由闊達にクラスを支配する彼女は、クラスの人気者だった。でも、なぜかときどき広に近づいてきては、小さな声で嫌みを言う一面も持ち合わせていた。クラスの中では、飛び抜けてお金持ちの家系で、きれいで賢くて、肩までの髪もつややかで、制服姿がとびきり似合っていて、言いたいことを相手にズバズバ言っても誰からも嫌われない彼女、木村さおりが、なぜ広をかまうのか、最初はよく分からなかった。が、ある日の会話で気がついた。

「ねえ、広さん。恋愛したことあるの？」

「いえ、全然」

「つまらない男ばっかり、と思っているのかしら？」

「ううん。縁がないだけ」

「あら、女子校育ちだと、ますます縁がないのよ」

「大学は、男女共学にしよう、と思っているの」

「村崎広さんが、男女共学に戻るのね。小学校は、そうだったのでしょう？」

「そうだけれど。でも、木村さんは、私の小学校のときのこと、なぜ知っているのかしら？」

「あなた、公立でも飛び級できるほどＩＱが高かったらしいって、有名よ。神童」

「ここのクラス編制、自分から希望したわけじゃないわ」

「そうよね。私も、特進クラスでお勉強してみたいものだわ。自分で選んだわけじゃないって、みんなに言いながら、ね」

「………」

「あら、ごめんなさい。いやな思いさせちゃったかしら。全然悪気はないから、許してね」

そう言うと、彼女は広のそばからすっと離れていった。

取り巻きの一人が、「村崎さんともお友達なの、すごいわねえ」と言っているのが聞こえた。

なでしこの残り香がかすかに漂っていた。

後で知ったのだが、木村さおりは、和の香りのする、なでしこのお香を両親にねだっては、香り付け専用の部屋で制服をハンガーに吊るし、毎日のように焚きしめていたらしい。

広と木村さおりとは距離が遠いままに、時が過ぎていった。

だが、高校二年生の秋、修学旅行が終わってから、急に二人の間が近くなった。

それまで、広は孤独だった。図書館と教室と塾と、家での家庭教師とのやり取り。廊下を歩くときも、行事に参加するときも、いつも一人か、先輩の誰かと一緒。

自分と同じような境遇の人を探したけれど、一人もいなかった。広は、三年ぶりの「飛び級生徒」だった。授業だけ、高校三年生の発展的内容を二回繰り返すような、変な仕組み。ホームルーム活動は、元の学年のクラスだったが、一年生のときよりも、ずっと同学年との距離が遠のいているような気がした。

季節は、いきなり、色を失った。

春って、いったい何色なのだろう。

海って、怖い。見たくない。風、冷たいし。

広は、青い鳥を北東の窓から覗き見ることもなくなっていた。

そんな日が続く中、佐藤ふみ子(ね)さんが、行方不明になったことを知った。

学校行事での旅行中、姿が消えたと誰かがささやいていた。

その二日後、警察が彼女の旅行かばんと、中の財布や衣服を発見し、母親に確認したという。

それから間もなく、学級活動の時間、突然、担任の男性教員が、学級の生徒一人一人に大学ノートを配り始めた。

広は、その教師が嫌いではなかった。むしろ好意を寄せていたかもしれない。

国立大学でワンダーフォーゲル部だったという彼は、頭髪ばかりか、髭(ひげ)までも、もじゃもじゃの癖毛だった。

「どこか田舎っぽくて、着古した麻のジャケットのような風合いを持つ性格の、三十半ば過ぎの、独身男……だったらいいなあ」

などと、勝手に想像して楽しんでいた。

「彼のおかげで、ようやっと生きてこられた」

理由は分からないけれど、広は、そんな気がしていた。

高校二年生になって、その担任に出会い、広は素直になれた気がした。

何を書いてもよい、という自由時間のような学級活動の中、クラスの生徒全員、一人一人の肩にそっと手を置きながら、担任が青い表紙の大学ノートを配り始めた。

そのノートに、広は自由詩を書き始めた。

書く、という衝動を止められなかった。

もう、広の耳には、音という音は何も耳に入ってこなかった。

あの子

ある朝　突然知らされた
あの子がどこかに消えていた
みんなにノートが配られた
先生が肩に手を置いた

みんなに一言の挨拶もなしに
さよならもなしに
わかれていったあの子

ノートの上に
ポタンポタンポタン

私の涙が落ちてゆく

ごめんね　ごめんね　そしてさよなら　私の大事なお友達
ごめんね　ごめんね　そして許して　私の大事なお友達

今でもあの子の声が　急によみがえる
あんたさえ友達でいてくれたら私はいいの

それから二日後、知らされた
あの子は　海に身を投げた
家族に遺品が返された
財布も衣服も　そのままに

みんなに一言の挨拶もなしに
さよならもなしに

別れていったあの子
桜の花が
はらり　はらり　はらり
季節は　春だけ　置いていく
ごめんね　ごめんね　そしてさよなら　私の大事なお友達
ごめんね　ごめんね　そして許して　私の大事なお友達

今でもあの子の声が　急によみがえる
あんたさえ友達でいてくれたら私はいいの

担任が、広のそばで鼻をぐずぐずさせ始めたので、広は、ふっと我に返った。見ると、日陰彰（ひかげあきら）先生の髭は、幾筋（いくすじ）もの涙と鼻水で、朝露のように光っていた。大の男が声を出さずに、涙を拭いもせずに泣いていたのだ。

広は、

「なぜ、先生は、泣いているのだろう？」

と、驚きながら考えた。

きっと、誰かから、佐藤ふみ子と自分が親友だったことを聞いたのに違いない、と思い当たった。この学級活動の時間は、きっと、フミネちゃんのためにつくってくれた時間だったに違いない。

木村さおりが、担任の先生の肩越しで、一緒に泣いているのが見えた。一瞬驚き、そして、ありがたい、と思った。彼女は、花言葉通り純粋な人なのだ、ということが分かった。

さおりに対して広は警戒を解き、心を開き始めた。

すると、さおりは広に対して一気にオープンになった。聞いたことは隠さずに、なんでも話してくれた。彼女のことを知ってみると、第一印象とはずいぶんと違っていた。食わず嫌いだったのかもしれない、と迷うほどだった。

木村さおりと少しずつ親しくなっていく中で、広の方からは、どうしても家族のことについては話せなかった。なんとなく、純粋なさおりが、自分に同情するのではないか、と感じたからかもしれない。さおりが自分に優位に立てるとしたら、天性の素直な性格と、もう一つ、裕福な家庭で両親の愛情たっぷりに、何不自由なく育ったという家庭環境であることを思うと、その二つが結びついたとき、どうなるのだろうと予測がつかず、彼女の友情に対して大きな不安を感じてしまうのだった。

異性に対して、まったく興味のない広のことを、ときどき、さおりはからかった。広は空想の中でしか男の人を愛したことがないことを正直に告白していた。

そんな広に免疫を付けるためか、ときどき、さおりは自分の恋愛について、事細かに話して聞かせた。まるで、スポーツアナウンサーか解説者のように。お相手の名前などは伏せられていたが、さおりの恋愛話を聞いた後、広は心の奥にしまっておいた秘密の辞書をいそいそと開き、そっと書き加え、時には削除していた。

広は一人のとき、そっとその自分だけの辞書を引いた。「愛」とは、出会いと別れが波のように押し寄せるもの。「恋」とは、まだ経験していないけれど、弟に会うのを楽しみにする感覚に似ているのかもしれない、ドキドキするもの。

広が心の辞書を開くとき、ほんのりと、なでしこの香りが漂ってくるような錯覚を覚えるのだった。

海ぶどう

あの学級活動があった次の日曜日、遅く起きた広は、ゆっくり顔を洗い、歯を磨き、白いTシャツとジーンズ姿で家を出た。千円札数枚をポケットに入れ、反対側のポケットにハンカチを入れた。そしてバスに乗り、札幌駅に着くと、今度は小樽行きの快速列車に乗った。一つ一つの行動が、自分で自分じゃない感じがした。

琴似（ことに）を過ぎると、急に乗客が少なくなった。それまでドアの近くに立っていた広は、海側の窓辺に座ることができた。久しぶりの海。岩と岩の間を波がすり抜けるたびに、白く泡立つ。

銭函（ぜにばこ）の駅に近づくと、今も誰かがツブ貝を焼いて売っているのか、醤油の焦げる、いい匂いが風に乗ってやってくる。紛れもなく、子どもの頃、母さんに連れてきてもらった海だった。体と心がさわさわと目覚め始めた。ああ、私、生きている。

やがて小樽駅に着くと、列車を降りて、海を眺めながら長い道を歩いた。

海岸まで歩いていくと、遠くにちらほら、小さい帆を揚げてウィンド・サーフィンをしている若者の姿が見えた。

黒い砂浜。ちぎれた海藻や小さな貝の死骸。たばこの吸い殻。転がる空き缶。白いポリ袋。

海から少し離れ、近づく波の音を聞きながら、時間を忘れ、広はそこに立って見つめていた。海を見つめているのか、何を見つめているのか、分からなくなるほどに。

広は、長い長いため息をついた。そして、さっきの列車と反対方向のホームに立ち、札幌へと戻った。

それはほとんど、一日がかりだった。夕暮れから夜になり、家に帰ると、珍しく母さんがいた。そして、

「フミネちゃんに、会ってきたの?」

と聞いたのだ。

「うん」

と小さい声で答えた。そうだ、母さんの言う通りだった。

(母さんの鋭さには、勝てないなあ)

広は心の中で、そうつぶやいた。

食卓テーブルには、海ぶどうのサラダが大皿に盛ってあった。

「今日は、沖縄の物産展だったのよ。買ってきちゃった」

ちょっと、はにかみながら、母さんが言った。そして、続けた。

「海の食べ物が思いつかなくって。フミネちゃんに似合うお別れの儀式がしたかったのよ」

「食べちゃうって、何それ。れんげの花でも買ってくればよかったでしょ」

「だって、れんげの花は、もう広の部屋中にあるでしょう。陳腐(ちんぷ)よ」

「ふうん」

「さあ、食べよう」

海のキャビアと呼ばれるそれを、母さんと二人で、むしゃむしゃ、ポン酢をかけて食べた。すると、広は猛烈におなかが空いていることに気がついた。そうだ、あの日みたいだ。鯉のぼりを見ながら泣いたあの日。海ぶどうと、ご飯と、お味噌汁と、とんかつを、次々に口いっぱいに頬ばってかみ砕き、飲み込む。そして、また頬ばる。そうするうちに、あの日と今日が、ぐちゃぐちゃに混ざり始めた。

それを見て、母さんが笑った。

「ブドウの花言葉って、知っている？」

広は首を振った。

「酔いと誘惑。海って、ほんと、誘惑がいっぱいよ」

広は、すぐに母の言いたいことに気づいた。すっとぼけながら、

「れんげの花言葉って何？」

と聞いた。

「あなたの幸せ。あら、知らなかったの？」

と母さんは、びっくりして聞き返した。

「そうか。思い当たるわ」

広が、そう言うと、母さんは黙ってうなずいた。

フミネちゃんを思い出すたび、もう少し何かできただろうにと、自分を責める気持ちと、友達になれてよかった、手紙を書いてよかったという思いが交錯した。

その思いに決着をつけるためには、それから何年も何年も月日のほうが広を手放さないだろうという予感がした。

フミネちゃんを死なせてしまった痛みと喪失感は、もしかしたら、十年以上経た今も心の水底に澱のように沈んでいて、ちょっとしたことで舞い立ち、煙のようにぼんやりと広がり始める。自分が幸福だと思うとき、一緒にその幸福感を分け合いたいと、強く思うから。自分が不幸だと思うとき、もうこの世にいないフミネちゃんを羨ましく思うから。

広は毎年、フミネちゃんの命日に、母さんと海ぶどうを食べることにした。海ぶどうが手に入らないときには、大粒の紫色のブドウを食べた。

それで気がすむわけではなかったけれど、

「毎年、フミネちゃんを思い出す日があるのは、すごいことだ。なくしちゃだめだ」

と、びりびり感じた。

母娘で海ぶどうを食べる儀式は、母さんが死ぬまで七年間続いた。

クロッカス

広は、高校卒業を前に悩んだ。大学に進学する、ということは決めていた。札幌を離れようとも思ったのだが、費用の面で母さんに負担をかけるのが、なによりも嫌だった。それで、結局、ポプラ並木で有名な地元の国立大学に進学することにした。

たくさんの人に紛れて、個を薄くして生きていたかった広は、なるべく学生を多く取る、文系の学部を選んだ。

高校のカリキュラムをまじめに受けた広は、たいして受験勉強をしなくても、ほんのちょっと努力をしただけで、希望する学科にすんなり合格した。

クロッカスが咲く頃、大学の入学式があった。母さんが新調したクリーム色のスーツ姿で頬を赤く染めて、保護者席から灰色のスーツ姿の広を見守っていた。学生の中には木村さおりをはじめ何人かの同級生が混じっているはずだったが人が多すぎてわからなかった。

建物を出ると、まだ薄寒く、色のない世界が続く大学の構内で、母さんの華やいだ声と薄いクリーム色のスーツ姿だけが印象に残る。母さん、きれいだなあ。教授や准教授や同級生や、サークル勧誘に走る上級生たちは、まるでドラマの世界のようだったので、現実味がなかった。その一カ月後、自殺者がどの大学より多いということを聞かされて、飛び上がるほど驚いたのだが。

入学式が終わって、数日もたつと、話しやすくて気の合う友達ができた。広は信じられなかった。高校とあまりに違うリベラルな人間関係。なんて生きやすいのだろう。なんて自分らしく生きられるのだろう。

あやかと綾香と彩夏。ひなと陽菜と比奈。偶然、同じ発音の名前だけれど、字が違う女友達ができた。

「広でヒロイなんて、羨ましい」

と、広は彼女たちから最初よく言われた。入学した初めの頃は、木村さおりとは学部も違い、あまり顔を合わせる機会はなかった。一年生は同じ講義をとることが多いにもかかわらずめったに会わないということは、木村さおりが意図的に広を避けている、ということかもしれない。広は、女子の多さに圧倒される気がした。

昔、国立大学の学生は七割が男子だったが、ここ数年は半数近くが女子になっているのだそうだ。女子の方が多い学部もあるほどだ。

久しぶりの男女共学。思ったより派手で頭の良い女子が多く、広はうれしくなった。今まで目立たないように気を配りながら、地味に生きてきたが、ここでは、ありのままでよかった。

せっかく大学生になったのにノーメイクではあんまりだという母さんの勧めで、日焼け止めと化粧クリームが一体化したリキッドファンデーションと、ぽんぽんたたいてつける頬紅パウダーと、眉毛を描くためのアイブローペンシルと、ほんのり赤みがさしたリップクリームを、ほんの三分で、さっとつける朝の習慣ができた。

鏡の中の自分は、ちょっとだけ変身するのだった。ちょっとだけきれいになれるのだった。そして、ちょっとだけ優しくなれるのだった。

フミネちゃんが自殺するまで、ときどきクラスの男子から、ひどくいじめられ続けていたらしいことを伝え聞いて以来、広は、この世の男性全てを拒否したい気持ちになっていた。お化粧することは、なんとなく男子に媚びを売ることのような気がして、避けてきたのだったが、寝不足の翌日もお化粧をすれば気づかれないし、病み上がりのときは、顔色が悪くてもお化粧でごまかせるので、母さんに余計な心配をかけないですんだ。なにより、自分の顔を鏡で見つめながら、手先・指先を動かすことは、うっとりするくらい気持ちがいいということを知った。

「広が笑うと、パーって華やぐ。掃き溜めに鶴が舞い降りてきたみたい」

と、友達から初めて言われたときには、

「すっぴんじゃないから」

と答えながら、内心うれしくなった。

大学が始まって初めての日曜日、母さんと住むアパートの敷地で、一列になって咲いているクロッカスを窓から眺めていた。あっという間に春が過ぎていく中で、クタンとなってしおれてしまうクロッカス。枯れかけたクロッカスの花を見かけると、なんだか切なくなった。

でも、数週間たつと、生き生きと細い葉がいくつもそこから生えてきた。紫色や黄色の花の咲き終わった後のクロッカスの葉は、ツートンカラーの濃い緑と薄い緑が合わさって、輝きながら細く長く伸びていく。葉が描くその緑色のカーブは、力強い生命力を放っていた。

ときどき、そこの空き地には、灰色と白の縞模様の猫がうずくまって、お昼寝をしていた。毛艶がとてもよく、人懐こい顔をしていたので、広はどこかの飼い猫だと思い、えさを与えたりはしなかった。それでも、その猫はすっかり広に気を許して、広のすぐそばで、両足を空に向けて仰向けになったまま眠るほど懐いた。広は、それで彼がオス猫だということが分かった。目が覚めると、大きな伸びをして、オス猫はクロッカスの葉をよけて散歩道を歩いた。広がそれを見て笑うと、きょとんとして足を止めた。

広は、大学の講義が終わると、真っすぐ家に帰って、通りから死角になっているアパートの敷地内にある山側の斜面の草むらの上で、灰色と白の縞模様の猫を待つようになった。いつだったか、スーパーで景品としてもらったピクニック用のペプシ・コーラの柄のシートを広げて、クロッカスの葉っぱを下に敷いてしまわないように気をつけながら、自分とオス猫のためのクッションも用意した。いつの間にか、オス猫は、広の手のひらや靴を脱いだ足先に頭をこすりつけてくるようになった。広と母さんの住むアパートでは飼えないのが分かっていたので、名前を付けないようにした。

「君、可愛いねえ」

と言うと、オス猫は目を細めて、「ぐーっ」とか「ごろごろ」とか、喉（のど）から声を出すのだった。

大学生活はあっという間に過ぎていった。

夏草が勢いよく伸び始め、クロッカスの葉は隠れてしまいそうだった。

久しぶりに学食で会った木村さおりが、

「私、振られちゃった」

と半べそをかいて、近づいてきた。

お相手の方の大学は、ここは違うらしい。さおりと同じ「北方民族研究」のサークル仲間に、なんとなく広と似ている性格の人がいて、恋をしかけているという話は、前から聞いていた。

彼は二つ年上の男性で、教育系の大学を卒業後、日本国中のあちこちで教師をしているらしい、と。

こんなに、誰にでも親切で愛嬌があって美しくてスタイルも良いさおりが、

「私、好きになったとたん、振られた」

と、その男性のことを広に話したとき、一瞬、不思議な気がした。でも、広には、なんとなく彼女がお相手に振られた理由を察することができた。

何か、秘密をかぎ当てられそうで、逃げたのかな、と。かつて、自分がそうだったように。

抜群に勘のいいさおりは、人間の奥底にあって誰にも触れられたくない部分を、ひょいっと、つまみ上げてしまうのだ。その人の弱点を、いとも簡単に見つけ出し、その人に向かって提示し始めるのだ。純粋に一対一で、人間心理を突いてくる。さおりは、女性の品格をしっかりと持ち合わせながらも、他人の心をえぐる何かを隠し持っている人なのだ。しかも、本人はまるっきりそのことに気がついていない。

広と性格が似ているというその男性と広との共通点を、

「友達の死を引きずっている、暗い影を持つ人」

と言って、その人に伝えたという。

（やめて、やめて、やめて！）

と、思わず広は心の中で叫んだ。広は、自分の性格に暗い影があるということを、さおりから直接言われて、初めて自覚したのだ。自分にとって大切だと思った人を続けて失うと、もともとあった性格ではない、別の性格になるのは、誰しもあることなのかもしれないが、広はそのことに気づいていなかったのだ。

この人とは距離を置いて付き合うしかない、と広は、ずっと前から心の底で警戒していた。だから、さおりが広のＩＱの高さを敬遠して離れてくれたとき、ちょっとうれしく

なってしまい、

「彼女の方から、離れていってくれるなんて」

と、ほっと安心していたのだった。

広は、心の底で、同じ大学に進学したさおりに対して、

「腐れ縁って、こういうことかしら」

と、自分でもかなり失礼な言葉だと思いつつ、つぶやいてしまうほどだった。

さおりは、したたかだった。大学生活を謳歌しているように見受けられた。

失恋の後、一週間もするとケロッとしていた。そして新しい恋にチャレンジしようと前向きに考えていることを知った。

たくましいなあと感心し、そして広はただただあきれてしまった。

露草

露草のしずくを一滴ずつ集めて、薄紫色の雨を降らせたい、と願っていたあの頃。

プラタナスの青葉が生き生きと通りを輝かせる季節。通学していた中学校の敷地にある体育館で、ときどきバスケットボールの試合が行われていた。

土曜日の補習の後、先輩に誘われて、気が進まない中、男子高校生ばかりの試合を見に行った広は、一人の選手の後ろ姿に引き込まれた。ごつごつした、岩みたいな筋肉が、ユニフォームに隠されているような気がした。それほど背は高くないのに、他の選手を躱し、てシュートを決める姿。よく周囲を見てパスを回す判断力のよさ。顔はよく見えなかったが、背中の数字とイニシャルがぎりぎり見えた。「たぶん佐藤って書くのだろうな。フミネちゃんと同じ苗字か」と記憶に留まった。

広は、それから何度か先輩に誘われたときだけ、バスケットボールの試合を見に行ったが、めったに5番SATOと書かれたユニフォームを見かけることはなかった。

ある日、背中にびっしり細かい雨粒をつけた佐藤が、試合のコートに走り出していた。

広は、きっとユニフォームのまま傘を差さないで体育館に入っていったのであろう佐藤の後ろ姿を、じっと見つめていた。駅からあの姿で走ってきたのかな。それとも、近くのバス停かな。想像するだけでドキドキした。

何かできること、ないかな。あの雨粒、拭いてあげたいな。あれ、私、男子って、みんな嫌いだったはずなのに。

佐藤の所属するチームは、僅差で負けた様子だった。広は、もやもやした気持ちのまま、一緒に見ていた先輩に用事があるからと嘘をつき、観客席から一人出口に向かった。雨は上がり、薄く日が差していたが、体育館の裏庭には、雑草が美しく輝いていた。

青い露草が、ふと目に留まる。やっぱり、露草は、雨上がりが一番美しい。

(私は私でいいのだわ。私は、このまま、生きていてもいいのだわ。私も、露草のように、ひっそりと一番きれいな姿を、誰に見られるでもなく、咲かせたい)

広は、露草の時期になると、なぜか5番SATOと背中に書かれたユニフォームと、がっしりした男の人の後ろ姿を思い起こすのだった。

佐藤武（たけし）は、中学三年生になる少し前から、いつも眉間（みけん）にしわを寄せて、疑り深そうな表情をする癖がついていた。

小学校のときは、ガキ大将でいじめっ子だったが、明るくて面倒見のいい、世話好きな性格の子どもでもあった。

中学生になってから、常に他人を小馬鹿にしては、なんとか自分が相手の上に立ってやろう、とするタイプの人間になっていた。

ただ、幼い頃からの父親の戒めもあり、

「やり過ぎはよくない」

とセーブしていた。

その頃の武は、明るく、さわやかな表情だった。

武は、何事にも要領が良く、勉強もできて、スポーツも得意だった。父親の仕事の都合で、ほとんど二年ごとに転校を繰り返したが、どこへ行こうと、へこたれなかった。そして、どこの学校でも、すぐに人気者になった。一番をとるのは気持ちよいことだった。武の体格は、中肉中背だったが、体育では負け知らず。勉強の方は、学年十番以内と決めて、ほどほどに頑張り、結果を出していた。

しかし、中学二年に進級するというとき、札幌市内の学校に転校してからは、負け知らずというわけにはいかなくなった。というのは、新しい学校で、やたら図体のでかい、同じクラスの「佐々木一（ささきはじめ）」という男に、ときどき体育の授業で対戦して、柔道で派手に負けたからだ。

武は、負けず嫌いだった。どんなに体の大きなやつにも勝ちたかった。佐々木一に負けたくなかったし、誰よりも強くなりたかった。

そこで、柔道が上達できる道場が近所にないか、学校の帰り道を利用して、懸命に自転車で探した。

ある日、柔道ではないけれども、似たようなところを見つけた。それは、空手教室だった。そこは、高層階マンションの一階にあった。すぐさま、母親に頼み込んで、入室を申し込んだ。

柔道と違って空手は、素手で相手を打ちのめすための特訓をしているようなものだ。

武は、空手の型も気に入ったが、なにより回を重ねるごとに増していく実践的な練習に夢中になった。空手の先生に勧められて、母親にドラッグストアで安いプロテインを買ってきてもらい、しばらく服用した。牛乳にプロテインの粉を混ぜて飲み干すだけなので、簡単だったからだ。

すると、一年もたたないうちに、体のあちらこちらに、みるみる筋肉がつき始め、背丈も急に伸びていった。

十四歳になったある日、小学校時代いつもからかっていた幼なじみの鉄(テツ)が、ふらりと武の家を訪ねてきた。庭のもみじの葉が青々とし始め、葉の裏に小さな赤い花のようなものを付け始めていた。

今の街に転校前、幼稚園のとき少しと、小学校五年生から中学校一年生まで三年間仲良くしていた親友のテツだ。

「元気そうだな。今日は、おまえの誕生日だったよな」

声をかけてきたテツは、ちょっとだけ背が伸びていたが、胸板の薄さや首の細さは相変わらずだった。Tシャツから伸びた腕は、ほとんど筋肉がなく、細い棒のように見えた。

「おまえ、俺の誕生日を覚えていて、会いに来るなんて、女みたいだなあ」

と武が言うと、

「へへへ、おまえは特別だよ。おまえの母さん、おいしいごちそう、作ってくれたからなあ」

「なんだ、おふくろの手料理が食いたいだけかよ。まあ、上がれ」

母親は、この頃何も話してくれなくなった息子とは大違いな、話し好きのテツに対して、

「鉄ちゃん、お久しぶり。おばさんの料理の味を覚えていてくれて、うれしいわあ」

と、大はしゃぎでテツを歓迎した。

武の父親は、公務員を辞して私立の大学の教員になっていた。ちょっと前まで、猛烈な仕事人間だったくせに。この頃は、時間を見つけては家に帰ってくるようになっていた。その劇的な変化の理由は、武より七つ年上の長女の結婚と出産だった。

父は、母と相談して、大学の近くに家を買った。

持ち家になってから、姉がちょくちょく遊びに来るようになった。すると父親は、どうしたわけか、ときどき夕食にも間に合うように帰ってくるようになったのだ。

テツが遊びに来たその日は、結婚して家を出て行った姉が、毎週恒例のように、武にとって甥っ子のちびを連れて帰ってくる日だったので、家の中は、てんやわんやだった。

ほんの数年前までは、母親と二人だけの、ほとんど会話がない食卓テーブルだったが、今は、見違えるように華やいでいた。皿やコップをはじめ、紙ナプキン、箸、ワインボトル、ジュース、ビールの缶などや、母親と姉ちゃんが次々に作る料理の大皿で食卓は満杯

になった。山盛りの唐揚げ、チーズサラダ、刺身の盛り合わせ、エビチリソース、ちらし寿司、シーフードスパゲティー、お好み焼き、炊き込みご飯、ビターチョコケーキ。次から次へと運ばれてくる料理。姉ちゃんが、テーブルのふだんは折りたたんでいるところも引き延ばした。イギリス製で、ドローリーフ式テーブルとかいうやつ。椅子が足りなくなりそうなことに気づいたテツは、さっと立ち上がり、

「俺、これがいい」

と、オットマンをリビングから持ってきて、足の長さに合わせクッションを敷いて、馬乗りになった。そしてテツは、武の甥っ子のちびを相手に、百面相ゲームを始めた。

小学校時代、武はテツをいじめもしたが、かばいもした。テツは、気が弱いところがあったが、よく気がついて、女のようなこまやかな優しさを持っていたので、武が気づかないことを気づかせてくれることも多かった。知り合えば知り合うほど、不思議と馬が合った。

テツは、武の親父とも気が合ったようだ。なにより甥っ子のちびの方が、とてもテツに懐いた。

母親が「鉄ちゃん、泊まっていって」と何度も引き留めたが、テツはそれを丁寧に断っ

た。

「帰らないと、俺んちにも、おふくろがいるもんで……」

と言うのを聞いて、母親はあきらめた。

武は、その日のことを思い出すと、苦いものが口の中に広がっていく。

テツは、その数日後、見知らぬビルの七階か八階から飛び降りたのだ。

即死だったそうだ。頭蓋骨がぐしゃぐしゃに割れて、茶色や黄色の脳みそがアスファルト上に飛び散っていたという噂を聞いた。

テツの父さんと母さんが、武宛ての手紙を持って家にやって来て、武は初めてテツの死を知った。

それを聞いたとき、武は自分のはるか前を歩くテツの姿を見たような気がした。

「武、ごめん。俺、生きていく勇気、ない。楽しかったな、この間。最後におまえに会えて、よかったよ」

(俺、死ぬ勇気なんてないよ。おまえの方が、ずっと勇気あるよ)

武は、庭に咲くもみじを見つめながら、心の中で叫んでいた。

武は、そのときから心の中でテツに話しかける癖がついた。今も昔も、ずっと。

いじめによる自殺だったらしい、と後日テレビや新聞がわめき立てた。

武の父と母は、報道で明らかになっていくテツの様子に、

「かわいそうに、かわいそうに」

と言い合いながら、涙を拭うばかりだった。

それから、武の父親は毎日ぎりぎりまで家にいて出勤し、定時に帰宅するようになった。

テツの死のショックが大きすぎたのか、母さんが変になっていたからだ。

「母さん、曲木鉄矢（まげきてつや）君の自殺のショックが大きくてね、あそこで引き留めて、彼が泊まっていってくれていたら、おまえが、彼の体のアザとかを見つけていれば、なんとかなったのじゃないかって言うんだ。鉄矢くんは、あんまり気が強くない方だったからなあ。母さんのこと、心配だから、男二人で母さんを守ろう」

武は、黙ってうなずいた。ぐっとこらえても、目尻から涙が出た。

武も、テツが死んだと聞かされた日から、自分を責めていた。

テレビに映るテツの父さんや母さんの首から下の映像と、悲痛な叫び。

「きっと、テツは自分がいじめに遭っていることを俺に相談しに来たのに、脳天気に、俺んちでは誕生祝いなんかして、ちっとも二人だけで話すチャンスをつくってやれなかった」

と、自分を責め続けていた。

小学校時代、武はテツをいじめたことはあったが、小学生のそれと、中学校でのいじめではまるきり桁が違うと、報道を見て思った。中学生のそれは、ほとんど恐喝と暴力の繰り返しだ。教師に見つからないように、服に隠れた部分だけ、殴る、蹴るを繰り返すのだ。特に、アザになりにくいけれど痛みが大きい内臓を狙って。そして、金品を巻き上げるのだ。執拗に、何度も、何度も。

その後、曲木鉄矢をいじめた少年たちのいる学校に警察が入り、取り調べがあった、と聞いた。テツをいじめた生徒のうちの数名が少年院に送られることになった。保護観察処分ではなかったことから推測すると、テツを相手に相当ひどいいじめをしていたのに違いない。

その後、武はときどき夢でうなされるようになった。驚いたのは、いじめていた頃の自分自身が夢に出てきて、今の自分を苦しめることだった。

眉間にしわが寄るようになったのは、その頃からだ。

楽しかったな、この間。

テツの最後の手紙が胸を締め付ける。

ほんとかよ。ほんとだったら俺もうれしいよ。

時間とともに、テツの手紙は、武に生きる意味を持たせるようになった。

中学三年になって、進路を決めなければならないとき、

「俺、償いをするために、教師になろう」

と決意した。

いじめる側の心理が分かる自分。いじめられる側の心理が、本当のところでは分からなかった自分。真理を突き止めたい、と思ったのだ。いじめられている誰かの役に立ちたい、と思った。いじめているやつに説教したい、と思った。

なにより、いじめているやつの心の闇に手を伸ばし、もうそんなことするな、と止めてやりたかったのだ。軽率だった自分に、こんなに苦しめられるときが来るのだ、と教えてやりたかった。

武は空手教室に通う回数を減らし、教師を目指して猛勉強を始めた。
体育で佐々木一に勝とうが負けようが、気にならなくなった。
すると、あるとき、
「佐藤、おまえ、変わったなあ。丸くなったなあ」
と、佐々木一が感嘆しながら言った。
武は、にやっと笑い、無言で見つめ返した。
しかし、武の眉間に刻まれた二本の縦皺は、いっそう深くなっていった。

ハシバミ

武は、ほぼ男だけの私立大学を選んだ。その大学には武がやってみたい学科があったのと、成績上位だと授業料が免除されるからだった。

差別やいじめというテーマでのライフワークを続けたかった武は、別の大学の「北海道(北方民族)研究サークル」に入った。

その大学のサークルで、隣席になり挨拶を交わしたのが、木村さおりという女子だった。全体的に薄いピンク色の服装がよく似合っていた。髪をかき上げるときなど、彼女が腕を動かすたびに、花のようないい香りがした。

彼女は、いつもお供を引き連れていて、第一印象はよくなかった。武から見ると、品のいい服装をする割に、化粧の度が少し過ぎていて、素顔はそれほど美人ではないだろうと思えた。

だが、話してみると意外に愛嬌があった。雑学を学ぶのが趣味だと言い、相手を選ばず、なんでも広く浅く物事を語る人だった。自分中心かというと、そうでもなく、他人から何かを吸収しようと懸命に耳を傾けるタイプだったので、初対面の武にとって、話しやすい女性だった。

サークルのグループで学ぶうちに、偶然二人しか集まらない日があった。ランチでもしながら話そうか、と武が誘うと、木村さおりが少し恥じらうような笑顔になったので、どきっとした。

何回か彼女が通う大学の食堂で、ランチを一緒に取るうちに、顔のことが、たまたま話題に上った。

彼女に、眉間のしわのことを聞かれた武は、

「親友を、亡くしたときから、かな」

と、つい口が滑ってしまった。

「ハシバミって、知っているかしら?」

「いや、知らない」

「ハシバミの花言葉は、過ち」

武は、まじまじと、彼女の顔を見つめた。

「ごめん。私の女友達にも、親友を亡くしていて、どことなく暗い顔をしている子がいる

のよねえ。彼女のもともとの性格は、暗いとは思わないのだけれど」

武は、ぎょっとなった。自分の心の奥底にある何かを嗅ぎ付けられたような気がした。

その夜、木村さおりとは、あまり深入りしないようにしようと、武は固く決心した。

それまで、オープンにしてきた心を、ぴたりと木村さおりに対して閉じるように努めた。

そして、なるべく佐々木一タイプの、体の大きい体育会系の男たちとかかわるようにした。

「女は、面倒くさい。変なところで、勘がいい」

それから、大学四年間に二度、女性と深く付き合うたびに、武は、女の勘の良さを思い知ったのだった。

都忘れ

広は、目立たない学生のまま大学を卒業したが、そのせいか、正職に就くことはできなかった。大学院で学ぼうかどうか迷っているうちに、就職活動の時期が去ってしまっていたのだ。かといって、大学院に推薦してもらえるほど教授たちの目に留まる存在にはなっていなかった。研究したいことが見つからないのだった。

前の年の秋から卒業の春にかけても、全てが宙ぶらりんで、しっくりこない毎日を送っていた広は、就職担当の教授から、官公庁内にある女性職業相談所を紹介してもらった。いくつかの就職案内の張り紙の中から、二十四歳以下の女性、一般事務という条件を見つけ、大学の相談所の女性職員に申し出た。そして、官公庁のアルバイトをして生計を立てることを決めたのである。

卒業と同時に家から離れ、一人暮らしをすることにしたが、母さんが寂しがらないように、歩いて行き来できる範囲にした。お風呂なし、トイレと流し付きで、築三十年以上の物件だと、アルバイト生活の広でも、なんとか家賃を支払うことができた。二日に一回は、お風呂をもらいに母の家に帰った。ご飯も、ときどきそこで食べた。

　官公庁のアルバイト先は、ちょくちょく変わった。十カ月間本庁勤務が基本で、車検場半年間とか、運輸局三カ月間とか、相談所を介して、そのたびごとに申し込み、期間も内容も様々だった。でも、不思議と採用が途切れることはなかった。

　広のような女性はたくさんいた。職場が偶然重なり、気の合う同性の友人が数人できた。中でも広の一番印象に残った人は、七歳年上で、同じ女子校出身の先輩・伊藤都(いとうみやこ)だった。


　彼女は未熟児で生まれ、大切に大切に育てられたという。それで、小さい頃から太っていたらしい。彼女の家系は、明治、大正、昭和、平成と何代にも亘って、「町の有力者」を輩出してきたそうだ。彼女の代で男系の血筋が途絶えたので、長女である彼女は、お婿さんをもらうことを、高校生くらいのときに家族会議で決められてしまった。そして両親に言われるまま、短大を出た後、実家から銀行員として通い始めたそうだ。

　二年間は、裏方の仕事を一生懸命頑張って、上司から褒められもした。

　しかし、銀行の窓口業務に変わったとたん、利用者から苦情が出始めた。何もミスをしていないのに、「愛想が悪い」とか、「なんで、あんなブスッとしたやつを窓口におくんだ」とか、「もっと可愛い子がいるだろうに」とか、罵詈雑言を言われ続けた。

窓口業務になって以来、何一つ、自分を喜ばせてくれる出来事がないまま、さらに誰も彼女をかばってくれる人もいないまま、彼女はひっそりと、その職場を去ったそうだ。

「せっかく銀行員に仕立てたのに、辞めるやつがあるか。勘当だ」

と、父親は長女を実家から追い出した。そして、その際、

「もう二度と帰ってくるな。この家は、次女に継がせる。もう金輪際、金もせびるな。母さん、こいつに五百万円渡してしまえ。一回こっきりだぞ」

と言い放ったというのだ。

都先輩は、その後小さなアパートを借りて一人暮らしを始めたが、すぐに鬱病になり、完治するのに何年もかかった。無職で一人暮らしの間に、五百万円もいつしか使い果たしてしまったのだそうだ。

都先輩は、その話をするときは、よっぽど悔しいのか、泣きながら広に語った。

「父親なんて勝手なものよ。母親は父親の言いなりだし、さ。妹は、私以上に父親に反発してさ、海外に行っちゃったのよ。そこでオーストラリアの人と結婚したの」

都先輩は、一度結婚していたので、苗字が変わっていた。

郵 便 は が き

料金受取人払郵便

新宿局承認

1409

差出有効期間
2021年6月
30日まで
(切手不要)

1 6 0-8 7 9 1

1 4 1

東京都新宿区新宿1－10－1

(株)文芸社

愛読者カード係 行

ふりがな お名前		明治 大正 昭和 平成 年生 歳
ふりがな ご住所	□□□-□□□□	性別 男・女
お電話 番 号	(書籍ご注文の際に必要です)	ご職業
E-mail		

ご購読雑誌(複数可)	ご購読新聞 新聞

最近読んでおもしろかった本や今後、とりあげてほしいテーマをお教えください。

ご自分の研究成果や経験、お考え等を出版してみたいというお気持ちはありますか。

ある　ない　内容・テーマ(　　　)

現在完成した作品をお持ちですか。

ある　ない　ジャンル・原稿量(　　　)

書　名			
お買上 書　店	都道　　　　市区 府県　　　　郡	書店名	書店
		ご購入日	年　月　日

本書をどこでお知りになりましたか?

1.書店店頭　2.知人にすすめられて　3.インターネット(サイト名　　　　)

4.DMハガキ　5.広告、記事を見て(新聞、雑誌名　　　　)

上の質問に関連して、ご購入の決め手となったのは?

1.タイトル　2.著者　3.内容　4.カバーデザイン　5.帯

その他ご自由にお書きください。

(　　　　)

本書についてのご意見、ご感想をお聞かせください。

①内容について

②カバー、タイトル、帯について

弊社Webサイトからもご意見、ご感想をお寄せいただけます。

ご協力ありがとうございました。

※お寄せいただいたご意見、ご感想は新聞広告等で匿名にて使わせていただくことがあります。

※お客様の個人情報は、小社からの連絡のみに使用します。社外に提供することは一切ありません。

書籍のご注文は、お近くの書店または、ブックサービス(0120-29-9625)、セブンネットショッピング(http://7net.omni7.jp/)にお申し込み下さい。

「私、苗字を変えたかったのよ。平凡な名前の人を探していたの。そしたら、余命半年っていう伊藤正さんが、官公庁のアルバイト先にいたのよねえ。彼は、もちろん、アルバイトじゃなくて、東大卒業の正規の公務員よ。私、当時、公立病院の医療の記録を電子シートに打ち替える仕事を臨時職員としてやっていたのだけど、原簿に何やら見つけにくい間違いがあってね、病気のせいで視力が衰え始めていた伊藤さんを、他の人に気づかれないように、そっと助けたの。お金の計算や帳簿付けは、元銀行員だから、お茶の子さいさい、だったしさあ。そしたら、いつの間にか、仲良くなってさあ。喫茶店で、お互いに自分の身の上話をし合ったたってわけ。そうしたら、いきなり、僕でよかったらって言って、プロポーズしてくれたのよねえ。それで、すぐにオーケーしたの。そしたらさあ。東大出身の公務員の妻になったもんだからさ、うちの父親、勘当を解いてやるって母親を通して言ってきたのよ。偉そうにさあ。私の方から、きっぱり断ったわよ。正さんのご両親は、もうすでに他界されていたから、結婚式は挙げないで、記念写真だけにしたの。正さんは、その後、五年くらい生きてくれたのよ。幸せだったわよ。その五年間は。正さんがやりたいこと、全てやり尽くしたわよ。正さんって、もともと元気な人だったから、保険金もいっぱいかけてあったしね。生きているうちに、もらえる保険って、本当に、いいわよ。

海外旅行に、乗馬に、ドライブに……。思い残すことがないくらい、二人で遊んだわ」

都先輩は、結婚前の苗字を一度も語らなかった。

都先輩は、よく言っていた。

「私の名前、都っていうでしょ、これも消し去りたいのよね」

広は、名前の話を聞き飽きていたので、ある日、関係ないことを言ってみた。

「そういえば、先輩、都忘れっていう花がありますよね」

「うん。知っている。でもさ、都忘れの花言葉、はまりすぎなのよねえ。別れ、だよ」

改名までしなくても、日常的には美也子や宮子で通す手もあることを伝えたが、彼女は乗ってこない。

「だって、響きは同じでしょう。ミヤコだよ。音読みは、東京都のトだしさあ。伊藤トさん、ていう名前、ないもの」

「確かに」

話は、いつも、袋とじ。先輩の話には、発展がないのだ。

広は、都先輩の愚痴に付き合いきれずに、いつしか疎遠になる方を選択してしまった。

都先輩は、広と疎遠になって何年かたった後も、小さなアパートで一人暮らしをしている。

夫が残してくれた保険金と遺族年金らしきお金と、数カ月に一度、一定期間の官公庁のアルバイトで、ほそぼそと暮らしているのだ。計算すると、九十歳くらいまでは暮らせるそうだ。

ときどき、広は彼女の生活を思い出し、買いたい物があっても、その衝動をいったん保留にすることができる。たまに、電話で都先輩と世間話をする。何年か前は、愚痴に聞こえた話も、今となっては、懐かしくてたまらない。

当時の彼女の暮らしぶりを垣間見ることができた広は、何年も何年も後になって、彼女から、心の宝物をもらった、と気がついた。

質素な生活の中で、都先輩には、一つだけこだわっていることがあった。

休日の午後の紅茶タイム。

友達や知り合いを招き、タルトやスコーンなどの手作りのお菓子を一緒に食べ、好きなカップアンドソーサーに、ダージリン、アールグレイ、オレンジ・ペコなど、その日の気分で、とびきりおいしい紅茶の茶葉を選んだ。透明のポットにお湯を注ぎ、茶葉がジャン

ピングし始めるとカップに注いだ。最後の一滴、

「この一滴が、一番おいしいのよ」

と言って、必ずお客様に注ぐのだった。

夏でも冬でも、こたつテーブルだったが、テーブルクロスを、あるときは絹のレースで手編みしたもの、あるときはコットンのタータンチェック柄、あるときはリバティーの小花模様のコットンランチョンマットなど、小まめに模様替えしていた。イギリスやフランスのドイリー・レースのような小さな白いレースの上に、紅茶ポットを載せて、銀のお盆を使うときもあった。

「心に余裕のないときほど、紅茶タイムが有効なのよ」

そう言う彼女の頬は、幸せそうにピンク色に輝いていた。

都先輩が一番幸せを感じるのは、好きな紅茶カップを眺めているときだった。

殺風景な古いアパートの白い壁に、フランス・アンティークの茶色い木製の棚。色とりどりのカップアンドソーサーが、五客ほどきれいに並べられていた。地震が来ても落ちないように、青い小さな免震マットの上に白いレースが敷かれ、まるでそこだけ、スポットライトを浴びているスター選手のような輝きを放っていた。

こたつテーブルの上の、上品なテーブルクロスの、さらにその上には、時期になると、ビンテージ・ガラスの水差しに、近くの野原で摘んできたという、薄紫色の新鮮な花が小さな束になって飾られていた。その横には、イギリス製の真鍮でできた写真立てがあり、亡くなった若いままのご主人が都先輩の肩を抱きながら、いつまでも微笑んでいた。

たとえ、愛する人と死別してしまっても、生きていける。

ひとりぽっちに耐えながら、ときどき、友を呼び、午後の紅茶タイムを楽しむ、という一つの生き方。

広は、目には見えない人生の大切な宝物を都先輩から分けてもらったのだった。

アロエベラ

「都先輩」

　と広が親しみを込めて呼ぶと、

「先輩でいいわよ。ミヤコなんて、付けないで」

　と必ず言うようになった。きっと、気の置けない間柄になってきたのだろう。

「センパイ」

　とだけ呼ぶのが、いつしか癖になっていた。

　ちょっと太めの、愛らしい彼女は、広が一人暮らしをしてから、すぐに飼い始めたオス猫に似ていた。それで、飼い猫に、

「センちゃん」

　という名前を付けた。都先輩には内緒だったが。

　センパイの部屋に招待されて、数十回目の夜、アパートに戻ると、センちゃんが掃除道具をしまう小さいクローゼットの中で、口から白い泡を吹いて死んでいた。センちゃんは、

何年前に生まれて何歳で死んだのか、はっきりしない。ときどき、インターフェロンの注射をしてもらいに通院していた動物病院の獣医さんによると、十歳前後だそうだ。なぜ死んだかというと、野良猫時代からの持病の皮膚がんが再発したからだった。

広は、動物病院の先生や看護師さんたちに、いろいろ教えてもらい、一番安くできるペット葬儀を業者に依頼して、埋葬まで滞りなくすませた後、ぼんやり部屋の中を見渡した。

猫を飼ってもいいという条件のアパートは、数年前から増えてきていたので、広の実家から歩いて十五分くらいの近いところに、割と簡単に見つかったのだった。ちょっと弱ったセンちゃんを見つけて、一緒に暮らしたくなって、実家を出たといっても過言でないくらい、広はセンちゃんに出会ったときから一目惚れしていた。

センちゃんは、もともとは飼い猫だったようだ。広が何も教えなくても、猫砂トイレを上手に使えた。なにより人懐っこくて、広に出会ったとたん、広から離れなくなったのだ。センちゃんとの出会いから別れまで、たくさんの思い出が、次々と浮かんでは消えていった。

広は部屋の中を見渡した後、突然、大掃除を始めた。

鼻をすりながら、夜通しがさごそと体を動かし続けた。全部屋、といっても２ＤＫの小さな部屋に、三回くらい掃除機をかけた。拭き掃除も二回ずつやった。やがて、三十リットルのゴミ袋が十個にもなった。センちゃんの愛用品は、ほとんど全て処分した。銀色の水飲み皿も、ご飯入れも。

もともとシンプルだった広の部屋が、いっそう簡素になった。

その後、広は急いで母さんが住む実家のアパートの敷地に走っていった。野生の都忘れの花を十本くらいもぎ取ってきて、空き瓶に飾った。

野に咲く都忘れの花言葉は、しばしの別れ。

大人になっている猫を飼ったときから、覚悟していた。猫は、人間の四分の一しか寿命がないということを。ましてや、センちゃんは病気持ち。いつ死んでもおかしくないと、何度もお医者さんから言われていた。

「泣かないぞ。泣かないぞ」

と独り言を言いながら、歯を食いしばっていると、玄関チャイムが鳴った。

「おまえ、昨日、真っ青な顔をしていたから」

母さんが心配して来てくれたらしい。

「母さんは、自分を信頼してくれている」

と、ふと感じた。広と猫との、二人きりのお別れの時間をつくってくれたのだろう。

センちゃんのことは、月日とともに忘れていった。広が、無理やり頭から追い出したからだ。でも、眠れない夜など、ときどきセンちゃんを思い出しては枕を濡らした。

都先輩とは、月に一度から、年に一度くらいの割合になったが、忘れた頃に電話がかかってきて、お茶会に誘われたので、会うことができた。センパイは、いつ誰に誘われても他人の家に行こうとはせず、必ず、自分のアパートでのお茶会に招待するのだった。

訪問するたび、テーブルクロスが取り替えられ、日常使いのカップとソーサーが入れ替わっていて、新鮮な紅茶と手作りのお菓子の香りが部屋中に満ちている風景は、なんともいえずに、広をほっとさせた。

ある日、都先輩のアパートから戻って、自分の部屋を見渡した。

センちゃんが死んで一年たって、変わらないインテリアといえば、家具とアロエベラの鉢だけ。

食べ過ぎたとき、センちゃんはアロエベラの葉っぱをかじっていたっけ。

たとえ植物であっても、生き物を、広はどうしても捨てることができなかった。

広は買い物に出かけた。

焦げ茶色で飾り気のないアンティークの小さな丸いスツールを、花台として買った。木の座面に防水スプレーをかけて仕上げをしてから、白い麻のドイリー・レースを敷いた。

そして、花台ごとアロエベラを日当たりの良いところに置き直して、鉢の中の土の部分に、ときどき、お米のとぎ汁をたっぷりとかけた。

すると、一年もたたないうちに、アロエベラが真っ赤な花をいくつも咲かせた。

その真っ赤な花を見て、広は泣き笑いした。

「天国のセンちゃんのこと、思い出しちゃった」

アンティーク・スツール兼花台は、電球を取り替えるときなど、広の部屋で活躍した。

そして、花台の上のアロエベラは、数年に一度真っ赤な花を咲かせながら、広の部屋で生き続け、今も太り続けている。

グラジオラス

広は、二十五歳を過ぎた。

七月に入ると、早咲きの夏の花が広の目に飛び込む。毎年、この季節になると、広はそわそわしながら、花屋さんの店先に立つ。グラジオラスを探す癖が付いているのだ。

その紫色や淡いピンク色や、クリーム色を見ると、広は心が浮き立つ。

そして、その三つの色をつなぐ薄紫色は、「特別な色」だ。

小学校二年生のとき、新卒二年目で入学式からそのまま担任だった山田あや子先生は、ある朝、大きな花束を抱えて、教室に入ってきた。みんな、びっくりしてしまい、一斉に、あや子先生に注目した。先生は、大きなガラス瓶に水を入れて、花束をほどき、花を生けた。

「これから、図工の時間にします。先生は、昨日、今年度初のボーナスの日でしたので、フンパツして、町の花屋さんでお花を買いました」

先生がそうおっしゃった後のことは、ほとんど忘れてしまった。広は、絵の具やパレットや絵筆を取り出すのももどかしく思うほど、急いで絵を描き出したことを、かすかに記憶している。水彩絵の具のチューブをぎゅっと絞り出すとき、手が震えた。そして、ありったけの色の絵の具をパレットに広げた。

グラジオラス、ガーベラ、スイートピー、かすみ草、スターチス、そして、真っ赤なバラの花。

野の花にはない、豪華な花々が放つ美しさとまばゆさに、広は心底驚いてしまった。グラジオラスは、濃い紫色と、淡いピンク色と、柔らかな黄色い色の三色がそろっていた。公園の花壇で見かけたことはあったが、こんなに間近に見ることができたのは初めてだった。

生まれて初めて見た深紅のバラの花は、どの花よりもきれいだった。自分のよそ行きの赤いビロードの服や、テレビで見て知っているレッドカーペットよりも、きれいな赤があるなんて衝撃的だった。

夢中で描いて、描き終わる頃には、すでに描き終えていたクラスのみんなが、広をじっと見つめていた。

「花の後ろの、バックの色は、紫色が引き立つ色がいいと思います」

と、山田あや子先生がアドバイスしてくれたことを覚えている。

広は、バックの色に、薄紫色を選んだ。

その図工の時間は、広にとっては、思い出すたびに泣きたくなるくらい幸福で愛しい時間となった。

「広ちゃん、早くしてください」

と日直の女の子に促されて、クラスで最後に、まだ乾いていない絵を提出したことが、昨日のことのように思い出される。

広のその絵は、その後、「世界の子どもの絵コンクール」に入賞して、世界中を回った。

広の手元には、絵の小さなカラー写真が残った。

その山田あや子先生と、二十五歳の秋、小学校の同窓会で再会した。

そして、後日談として、広に教えてくれた。

「あなたにバックの色をアドバイスしたとき、薄オレンジ色が映えるかな、と思ったの。でも、あなたは薄紫色をさっと選んで、もう描き出してしまっていたわ。あなたの絵が学校推薦を受けて、選ばれて、世界中を巡る旅に出て、絵の専門家の批評を読む機会も多かったの。そうしたら、花瓶を最小限にして、紫や赤やピンクの花のバックに、薄紫色を選んだ感性が大人びていて、上品で優雅だって絶賛されていたの。その講評を読んだとき、下手なアドバイスをしなくてよかった、違う色を描くように押しつけなくてよかった、と、心から思ったわ」

同窓会でお会いしたとき、山田あや子先生の苗字が変わっていた。広たちを受け持って二年間教えた後、すぐに学校の先生という仕事を辞めてしまったのだそうだ。

山田あや子先生は、日陰あや子さんに変わっていた。

胸の名札を見て、広はとても驚いた。思わず、どさっと手に持っていたバッグを落とすくらいに。

広は、山田あや子先生が高校のときの担任、日陰彰先生の奥さんになっていたことを、ちっとも知らなかった。それで、思い切って、

「日陰彰先生の奥様になられたのは、いつ頃なのですか？」

と尋ねた。

「いろいろあったの。私が彼を好きになったとき、彼は、親友が書いたラブレターを手に持って、自分の親友が私を好きだから、付き合ってあげてほしい、と伝えに来てくれたの。私ね、彰さんを見て、一目で好きになったの。なんか、盲導犬のラブラドール・レトリ

バーみたいな、とっても優しい眼をしていたから。でも、一応、彰さんと私、同業者になるわけでしょ。それで、私、学校を、すぱっと辞めたの。そして、彰さんの胸に飛び込んだの。押しかけ女房をしちゃったわけ」

広は、びっくりした。一見、清楚でおとなしい感じの山田あや子先生の、どこに、そんな情熱的な感情が隠されていたのだろう。

あや子先生は、広の小学校低学年の頃の可愛い思い出話をときどき、夫に聞かせたそうだ。

夫婦二人で一番心を痛めたのは、佐藤ふみ子（ね）ちゃんのことだったそうだ。夫が高校のクラスの子たちに配った大学ノートに、広が泣きながら詩を書いていたことを、家に帰るとすぐに、やっぱり泣きながら伝えたそうだ。

広には、フミネちゃんが、なぜ海に身を投げたのか、その理由を、当時知ることはできなかったけれど、自分が頑張ればフミネちゃんの自殺を引き留めることができたように思っていた。

でも、それは間違いだった。

あや子先生は、真相を教えてくれた。

フミネちゃんは、お金が欲しかったのだ。自分を犠牲にして、遺族がもらえる生命保険金というもののために、フミネちゃんは死んだのだそうだ。

誰がなんと言おうと、決めたことは実行する性格だったフミネちゃん。フミネちゃんの弟や妹は、今、大学を出て、それぞれ夢の実現に向かって精一杯生きているそうだ。

フミネちゃんの部屋からは、広の手紙がきれいな千代紙にくるまれて出てきたそうだ。そして、広宛ての手紙も一緒に出てきたそうだ。

フミネちゃんのお母さんは、広宛てに書いたまま送らなかった娘の、何十通もの直筆の手紙やはがきを繰り返し読んでは、泣き笑いをしているのだそうだ。広に渡さなくちゃと思いながらも、それができないでいるのだという。死んでから、もう何年もたつのに。

当時、広は、フミネちゃんから返事が来なくなってからも、三カ月に一度くらいの割合で、手紙を書き続けた。フミネちゃんは、ちゃんと返事を書いてくれていたのだ。ただ、広に送らなかっただけなのだ。

中学生から高校生にかけての多感な時期に、お互いの思いを交換することはできなかったけれど、きっと書くことで心の整理ができていたのではないかと、あや子先生は言った。

あや子先生は、夫の彰先生とともに、ずっと、広を見守っていてくれていたのだ。「私が死なないで生きてこられたのは、こうして、誰かが私を思いやってくださったおかげなのだ」

と、広は二十五歳になって、心から思うことができた。

「先生へのラブレターを書いたという日陰彰先生のご親友は、その後、どうされたのですか？」

と、広はあや子先生に聞いてみた。

「すぐに、私の三つ年下の妹をお嫁にもらって、今は親戚同士よ」

と、はじけるような笑みをたたえながら、あや子先生は答えた。

あや子先生は、薄紫色のジョーゼットのワンピースを身にまとっていた。

その柔らかな笑顔と、夏の花の華やかな色合いが重なる。

広は、自分の周りの人々が今、幸せでいることを知ることができて、うれしいと思った。

そして、フミネちゃんの、あまりにもはかなく美しい命について、今は考えることを止めよう、きっと、いつか分かるときが来るのかもしれないのだからと、心の中で決めた。

イエローアイリス

飼い猫のセンちゃんが死んで、まだ何年もたっていない冬の季節だった。

母さんの両方の胸に、がんが見つかった。ステージⅣの乳がんだった。お医者さんによれば、乳房の真下のしこりは、発見が遅れやすいのだという。

すぐに手術をしたが、退院しないまま二カ月後、母さんは家からほど近い病院で眠るように天国に旅立ってしまった。痛みを和らげるための治療が施されたので、それほど苦しまずにすんだ。

「苦しまなくてよかった。母さん、思い残すこと、きっとないよね」

と、広はイエローアイリスの花々で飾られた棺(ひつぎ)に向かって語りかけた。

母さんは広が困らないよう、手際よく「お別れの会」ができるように取りはからってくれていた。母さんが自ら書いた「エンディング・ノート」は、とても広の役に立った。

そして、そのノートは役に立っただけではなく、その後の広の生きる力にもなった。

広は、母さんを一番間近で見てきた。数年前、二人で暮らした家を出るとき、

「母さんの老後って、思いつかないなあ」

と、ふと思ったっけ。

母さんはフリージアが好きだったが、フリージアによく似たイエローアイリスの花も好きだった。

品種改良されていない、素朴で小さな水辺の花々。どうやって、ヨーロッパ原産の花が、海を越え日本に渡ってきたのだろう。渡り鳥が種を運んだのか。そんなロマンチックなことを、広に語った母さん。

母さんの「お別れの会」の日、広は、父さんと弟の蓉に会った。父さんの顔は写真で見たことがあったからすぐにわかった。昔とあまり変わっていなかった。白髪としわが増えたくらいだった。

なんとなく予感がしていた。

「広、これからは、父さんと蓉と、三人で暮らさないか？」

広は、物心ついて以来、初めて父さんの声を聞いた。

父さんの方は見ないで、広は、じっと蓉を見つめた。

蓉は、広より一つ年下だから、二十五歳のはずだ。

「センちゃんに似ている」

と、広は蓉を見つめながら思った。背が高く、美男子なのだが、太っていたのだ。

「蓉。蓉は、どうなの？　突然、ほとんど見ず知らずの姉と暮らせるものなの？」

と、聞いてみた。どちらでもいいと言うのなら、絶対に断ろう、と思いながら。

「自分は、ずっと、血のつながった姉ちゃんがこの世にいると思って、励まされてきた。だから、一緒に暮らせる家族が増えるのは、とてもうれしい」

と、蓉は、センちゃんそっくりの、きらきらした瞳で答えた。

「私ね、ずっと蓉には会いたかったの。でも、父さんには会いたくなかった。父さんは自分を捨てた、と思っているから」

広は、心の中の思いをストレートに言葉にした。言ってしまってから、きつい言葉だと反省した。涙があふれてきて、最後の方は言葉にならなかった。広は、両手で顔を覆って、うつむいた。すると、蓉が、一言ひとことかみしめるように、ゆっくりと言った。

「俺は、ずっと、母さんに捨てられたと思って、父さんと暮らしてきたから、姉ちゃんの気持ち、よく分かる」

はっとして、広は蓉の顔を見上げた。

蓉は泣いていた。そして、涙をごしごし真っ白なワイシャツの袖で拭っていた。

「二人には、つらい思いをさせたね。本当に、申し訳なかったね」

と、父さんが二人の肩に手を置いた。繊細な手だなと広は、その感触を通して父親の性格を感じた。

父さんと蓉が、広のアパートから、ほんの数キロしか離れていない隣の市に住んでいたことを知り、広は驚いた。母さんは、もしや、そのことを知っていたのか？

蓉は、小さい頃、父さんに頼んで、何度も母さんと広が住むアパートの前まで来たのだそうだ。窓から見える母さんと姉ちゃんの生活の様子を確かめると、蓉は黙ってそこを去ったのだという。

「蓉、どんなにつらかったことでしょうねえ」

と広は言ったが、逆に、蓉は広の孤独をよく理解していた。

「母親の収入だけで暮らすって、大変だなと思っていたよ。だって、姉ちゃん、いつも一人で留守番ばっかりしていたでしょ」

と、蓉は答えたのだった。

母さんが仕事人間になって、ちっとも広のために時間を使わなくなったことを、蓉は知っていたのだ。蓉は成長してからも、ときどき客のふりをして、帽子をかぶり、無精髭を伸ばし、色の薄いサングラスをかけ、こっそり母さんの勤めていたデパートの紳士服売り場に行ったという。品物を選ぶふりをしながら、ときどき覗いている蓉にまったく気がつかないで、母さんは若い店員たちに指示を出しながら、夢中で働いていたそうだ。

広は、実家と自分のアパートを引き払い、隣の市に住むことに決めた。

母さんが元気な頃、大きな生命保険に入ってくれていたので、そのお金で、父さんと蓉が住むマンションの同じ階にある一部屋を買うことにしたのだ。

新築の頃、最初は飼うことが禁止だったペットも、築何十年とたつうちに、管理規約が改正され、小型犬と猫と小鳥とハムスターと熱帯魚などの小動物ならば許可されるようになっていた。

そこは緑が多く、大学が建ち並び、近所には多くの学生が住んでいた。広の住んでいた札幌と違って、ずいぶん田舎だった。

父さんはサラリーマンだったが、休日、借りている畑の手入れを、なによりの生きがいにしていた。

畑の一角に、イエローアイリスが咲き誇る場所を見つけた広は、父さんに聞いた。

「父さん、イエローアイリスの花言葉、知っている?」

「知っているとも。おまえを愛する、だと、ね」

広は、自分の両の眼から静かな涙があふれてくるのが恥ずかしくて仕方なかった。

何か事情があって別れたけれど、父さんと母さんは、ずっと両思いだったのかな。

母さんを愛するように、自分のことも思っていてくれていたのかな。

ふと見上げると、父さんも声を出さないで、静かに泣いていた。

ラッパ水仙

広の父さんの畑には、野菜よりも花の方が多いのじゃないかと思うくらい、いろいろな花が植えてあった。宿根草、一年草、球根、樹木……。どの季節にも花々が畑を飾る。

その畑に紫や黄色のクロッカスが咲き終わり、ラッパ水仙の葉が伸びてきた頃、広は、英語の教師になった。大学生の頃はまったく教師になるつもりはなかったのでほったらかしにしていたが、そういえば、と思い出して大学の事務に確認すると、高校英語の教員免許を取得できる単位を修了していて、資格があることが分かったのだった。それで、すぐに教員免許取得の手続きを取ったのだった。

このまま臨時採用の仕事を続けていては、いずれ食べていけなくなるのでは、と不安に思い、北海道の外国語（英語）教員採用試験を受け、幸いにも合格した。

数カ月待って、偶然、自分のマンションのすぐ近くの高校に採用されたのだった。

教師になって間もなく、マンションの同じ階にある父親と弟の部屋を訪問したとき、

「蓉は、死んだ飼い猫のセンちゃんに似ているのよ」

と広は弟に告白した。すると、

「僕も、そう思う」

と蓉は答えたのだ。

（え、なんで、蓉はセンちゃんのこと知っているの？）

よくよく聞くと、野良猫時代、センちゃんは蓉にも懐いていたらしいのだ。

「センちゃん」と名前を付けて呼ぶ前、広がよくコーラの敷物を広げて、「君（きみ）」と呼びながら野良猫と一緒に寝そべっていた場所、つまり母さんのアパートの敷地の隣から遊歩道がしばらく続く広い「栗の木公園」は、広の実家と父さんの家の中間点にあったのだという。そして、広のアルバイト時代のアパートから、センちゃんは毎日、父さんの家の近くを縄張りにして、散歩していたらしい。

ラッパ水仙の葉っぱは、食べると毒になるのだが、ニラの葉とよく似ていて、しかもニラの隣に生えることがあるので、近所の一軒家に住む一人暮らしのおばあちゃんが、間違えて引き抜いて、茹でておひたしにして食べてしまったとき、センちゃんが、まるで犬のようにニャンニャン、ニャーゴ、ニャーゴと、ものすごい鳴き方をして、父さんと蓉に異変を知らせたという。こっちに来いとでも言うように案内してくれたおかげで、倒れているおばあちゃんを見つけることができ、救急車を呼び、事なきを得たのだそうだ。

「名犬ラッシーみたいだったのだよ」

と父さんが説明したが、広には、ちんぷんかんぷん。父さんの幼い頃ヒットした名犬ラッシーがテレビやアニメで再び流行ったのは、まだ広が二歳くらいの幼い頃だから、無理もない。

アニメオタク、映画オタクの蓉が、

「今度、名犬ラッシーのＤＶＤを見せてあげるよ」

と、にやにや笑いながら言った。

蓉は、工業系の高校、大学を卒業した後、ソーホーという、自分の家でもできる、ＰＣ関係の仕事をしていた。それで、運動不足とストレスから太ってしまったのだそうだ。大きなイベントのないとき、会社には、月に四回か五回出勤すればよいのだそうだ。

「実はね、大学生のとき、アルバイトでブラック企業に勤めて、肝臓を悪くしちゃったのさ」

と言うので、アルバムを見せてもらうと、そこには、今と似ても似つかない、やせ細った蓉の写真が収められていた。肝臓を悪くすると、どうしても太りやすくなるのだそうだ。

「これでもさ、脂肪肝にならないように、野菜生活とか、気をつけているんだよ」

と言う蓉の顔は、ピーク時よりも、すっきりしてきたようだった。

「ねえ、蓉。今、何キロあるの？」

と聞くと、

「その写真の中で、一番太っていた頃は、百キロ。今は、八十キロから、八十五キロくらいだよ」

と答えたので、

「どうやって痩せたの？」

と重ねて聞くと、

「親父の作ったトマトの爆食いと、肝臓に効くっていう鶏ムネ肉の蒸し料理と、運動代わりの畑の手伝いと、自然食品の店から取り寄せている玄米ご飯のおかげだと思うよ。あとは、車の運転を止めて、自転車か徒歩にしたことかなあ」

と言い、蓉はにっこり笑った。

広は、毎朝、地味な灰色やモスグリーンのスーツ姿で、朝八時には家の近くの高校まで十五分ほど歩いて通勤し、五人の英語教員と持ち時数を分担し合いながら授業をし、放課後には書道部の部活動顧問をし、雑務を片付けて、夜七時頃帰宅する、という日課をこなしていた。

土曜と日曜は家の中を大掃除し、ついでに父親と弟の部屋にも出かけて、大掃除をする、という繰り返し。そして、時間があれば、がっちり顔と手足に日焼け止めクリームを塗った後に、実用的で大きな麦わら帽子をかぶり、長袖ジャージやジーンズに着替えて、軍手をはめ、長靴を履き、父親の畑仕事を手伝うのだった。そして、ほんの少し、花瓶や水差しに飾れるくらいの草花を切ってもらい、自分の部屋に持ち帰り、飾って楽しんだ。

ほとんど毎晩、自分か父親の作ったおかずを手土産にして、広の部屋を訪ねてくるようになった弟の蓉は、

「姉ちゃん、彼氏、つくらないの?」

と、あきれ気味に聞いてくるので、

「そっちこそ、もう少し痩せて、器量と性格のいい女の子、ゲットしなさいよ」

と言い返すと、

「いや。当分、彼女は、いいんだ。姉ちゃん観察している方が楽しいっていうか、恋愛の練習になるっていうか」

「何、言っているのよ。私みたいな草食系の女子を観察したって、始まらないよ。私、言っとくけど、男子と手をつないだこともないし、キスしたこともないんだよ」

「うわーっ、すごい告白。父さんの血、ほんとに引いているんだろうか？」

「何、それ？」

「いや、なんでもない。口が滑っただけ」

と蓉。

父さんは、もう少しで会社を定年する年のせいか、たいして重要な仕事が回ってはこない様子だ。その分、暇さえあれば、せっせと畑に出て、趣味の園芸に没頭しながら、近所の人に野菜や花をおすそ分けして、自治会・町内会のおばあさん連中の人気者となっているのだった。

広は、ある日、高校の文化祭の催しで、大学生時代にアメリカ人講師から習った英語の歌『I Love The Mountains（Boom-Dee-Ah-Dah）』を、他の英語教員と二部合唱しながら、披露する羽目になった。

ブンディアダ　ブンディアダ　ブンディアダ　ブンディアダダ
ブンディアダ　ブンディアダ　ブンディアダ　ブンディアダダ
アイ　ラブ　ザ　マウンティン
アイ　ラブ　ザ　ローリング　ヒルズ
アイ　ラブ　ザ　フラワーズ
アイ　ラブ　ザ　ダッフォディルズ
アイ　ラブ　ザ　ファイヤーサイド
フェーン　オール　ザ　ライツ　アロウ
ブンディアダ　ブンディアダ　ブンディアダ　ブンディアダダ
ブンディアダ　ブンディアダ　ブンディアダ　ブンディアダダ

と歌いながら、思い出した。

「ダッフォディルって、ラッパ水仙のことじゃないの！」

自分が一番好きな英語の歌に、偶然、ラッパ水仙が取り上げられていたなんてと気づき、とても驚いた。

日本語の意味は、たしか次のような内容である。


山が好き。

転がる丘が好き。

花が好き。

ラッパ水仙が好き。

暖炉のそばが好き。

日差しが照らすものなら、何でも好き。


現役高校生の大喝采を浴びながら、広は、子どもの頃の風景を思い出していた。

エリカ

「今日は、埃(ほこり)をかぶった書棚を整理しよう」

と、広は、その日の朝早く、決めた。

休日の朝の光に、書棚の埃が浮き立って見えたからだ。

広がずっと前、はまっていた少女漫画。心を慰めてくれた、繊細な女の子たちの物語。

でも、

「こんなところに、留まっていちゃいけない」

と、不意にそんなふうに思えてきた。手に取って、捨てようかどうしようか、しばらく迷ったが、拭き掃除だけして、そっとまた元の書棚に戻した。

広は、まだここに留まっていたい自分に気づいたのだった。

自分の部屋の掃除が終わり、広は父さんと蓉の部屋に行った。

父さんは、昭和のフォークソングが好きみたいだ。広が掃除をしに訪れると、決まって休日の朝は、小さな音量でBGMのようにして、フォークソングのCDをかけるのだった。

広は、休日、ときどき朝ご飯を作りにも、父さんと蓉の台所を訪れた。そんなある日、「三人で、代わりばんこの輪番制にしようよ」

と、蓉が提案したのだった。

女の人に朝ご飯を作ってもらったことがないから、という蓉の言葉を聞いて、「あんまり上手じゃないけれど、私でいいなら」

と引き受けた。予想外に、広の料理は男二人に好評だった。


ある日、たまたま父親の選ぶ古い歌に、エリカ、エリカ、エリカと連呼する歌詞が出てきた。広の心に、その響きが引っかかった。聞き流せなかったので、歌詞をよく聴いてみることにした。

エリカとは、もともと花の名前であることを、そのとき初めて知った。

目玉焼き、ベーコンソテー、野菜サラダ、トースト、それにミルクコーヒーという、定番の朝食を作りながら、広はなぜか、心にさざ波が立つのだった。

自分の部屋に戻るとすぐに、インターネットで検索してみた。

エリカ。花言葉は、孤独。

スズランのような釣り鐘型の小さな花びらをいくつも付けて、種類によっては、白のほかに、紫やピンクの花をたくさん咲かせるという、エリカ。ロシア原産だ。アムール川から中国へ、そして、日本に渡ってきたのは、いつのことだろう。

エリカという花の、はるかな旅にロマンを感じるのは、きっと血筋かなと思うと、不意に涙が出てきた。

広は、母さんのことを静かに思い出していた。

この宇宙の果ての孤独、というものに気づき始めると、銀河系が渦を巻いて、あらゆる物を巻き込み、飲み込んで消滅していく。そのまた向こうに、別な銀河系が誕生し、新たな命が生まれ出ている。その生命体全ての命に対して、愛おしく切なく感じてしまい、こんもり盛り上がった涙が、広の目からあふれ出るのだった。

生まれるときと、死ぬときは、一人。この当たり前の事実。

子どもの頃、死ぬことよりも、火葬される方がずっと怖いと感じた。なぜなら、死という抽象的なものが、よく分からなかったからだ。死んでしまったら肉体が焼かれてしまうという具体的なことへの恐怖は、子ども心にも十分理解できた。焼かれる瞬間だけ意識が戻って、熱い熱いと感じながら焼かれていったらどうしよう、とも思った。

広は、自分が生まれたときの映像を、なんとなく覚えていた。そのせいか、死ぬときの映像も、なんとなく想像がついたのだ。それは、広が意識下に沈めてきた映像だった。

自分は、まだ母の死を心の奥底では受け入れていなかったのだということに、やっと気がついた。

自死。自殺とは違うかもしれない。いや、結果は同じかもしれないのだ。

母さんが死んだという事実から、目をそらしてきた自分。目をつぶれば、いつでも会えるような気がしてきた。本当は、もう二度と現実の母さんには会えないのに。

もしも、蓉と父さんが今ここにいなかったなら、自分の存在自体を、自分で消し去っていたに違いない。母のいない寂しさに耐えきれずに。

後追いの果ての自死。その想像は、容易だった。

「エリカの花は、まだ私には、似合わない」

目を閉じたその先には、宇宙の孤独と母さんを失った深い悲しみが、飴のように溶け合い、ぐるぐると渦になるのが見え、広を圧倒した。

トルコキキョウ

北海道の夏に咲くトルコキキョウの花言葉は、永遠の愛。

華やかなチャペル。賛美歌。誓いのキス。ライスシャワー。

赤い花束とリボンが、新郎新婦の通り道に沿って飾り立てられていた。それは隣接するホテルでの披露宴会場まで続く。白を基調としながら、金色、銀色で彩られたテーブルセッティングの数々。ため息が出るような、夢の世界だ。

広は二十七歳の誕生日が近づく頃、学生時代の友人、木村さおりの結婚式に出席していた。そして、彼女が手にしていたトルコキキョウのブーケの美しさに見とれた。

結婚式には定番だといわれる、その花の魅力を、初めて知った気がした。

さおりの結婚披露宴から帰ってきて、ブーケを見せながら、家族に花言葉の話をすると、父さんは、トルコキキョウの苗を五つ買ってあり、とっくに植えていたことを広に話してくれた。種から育てようとして、ここ数年、何度も失敗してきたので、今年こそ咲かせたいのだそうだ。結婚式のときの花は、きっと早咲きの花の種類じゃないかと言った。

「で、なんでおまえが、花嫁のブーケを持って帰ってきたわけだい？」

と、父さんに聞かれたので、広は真っ赤になった。

あまりに美しいトルコキキョウのブーケに見とれていたせいか、披露宴の最後に、花嫁が背中を向けてフワーンと真後ろに、そのブーケを軽く投げたとき、思わずキャッチしてしまったことを思い出したのだった。

「ごめんなさい」

と、思わず言うと、

「広さんは、独身だもの、謝ることなんかないのよ。よかったわね。花嫁のブーケを受け取った独身女性は、その半年以内に結婚する人と巡り会うことができる、という言い伝えがあるの」

と、木村さおりが優しく言ってくれた。

父さんは、それを聞いて、なぜか機嫌が悪くなった。

「俺のスネは決して太くはないけれど、かじっていていいんだぞ。広も蓉も」

と言うので、なぜ父さんの機嫌が悪くなったのか、すぐに分かった。

父さんは、今の生活に、なにより満足と幸福を感じているのだろう。母さんは死んでしまったけれど、こうして子どもたち二人と一緒に過ごせる時間が持てて……。

広は、苦笑しながら、

「半年以内に結婚なんて、ありえないわよ。だって、好きな人もいないのに」

と言った。

父さんは、ほっとしたように、

「そうか」

と笑顔で言い、いそいそと畑仕事に出かけた。

木村さおりは、高校・大学時代の友人であった。大学では学部が違っていて、会う機会はあまりなかったが、三年生の頃からは、同じゼミで何度か顔を合わせるようになっていた。彼女は、広のＩＱの高さを敬遠していた。彼女はものすごい努力家なのだが、ちっともそれを感じさせない。でも、たいして努力もしない広に、いつも成績で負けてばかりいるのが悔しかったのだろう。

さおりは、ふだんは優しいのに、ふっと広にライバル心の度を越えた敵意みたいなものを見せることがあった。そのせいで、二人は親友になることはなかった。

ただ、さおりは人懐っこくて、誰にでも話しかけることができる性格だったので、広にとって話しやすい友達の一人となった。彼女が「ミス・ナントカに選ばれて、アナウンサーみたいな、人に見られる優雅な仕事をするのが夢だ」と言っているのを聞いたとき、広は、

「正直な女性だなあ。自己顕示欲を隠さないのって、すごいなあ」

と感じた。スタイルが良く、美人でもあるさおりなら、きっと夢を果たすだろうとも思った。

高校時代、フミネちゃんを失ったとき、広が素を見せて大泣きしたので、さおりは、びっくりしながらも優しく慰めてくれた。そして、広の数少ない友人の一人となったことを思い返していた。

トルコキキョウは、木村さおりと広の誕生月、九月の花。広が今日披露宴で初めてお会いした夫となった人は、きっとトルコキキョウの花言葉の通り、永遠の愛を注ぐことだろう。さおりは、夫の浮気などは未然に防いでしまう人だ。そして、妻として、最大限の愛と優しさと寛容さを夫に向けるに違いない。

学生時代の同じ学部にたくさんの友人がいるはずなのに、結婚式に自分を招待したのは、

きっと、広に対するさおりの無意識の優越感なのかもしれないと、広はなんとなく思っていた。そう思ってはいけないと理性はささやくのだが、大学時代の広に対する小さな棘のような記憶が、そう感じさせてしまうのだった。

木村さおりには、決定的な何かが不足していると広は漠然と思ってきたが、今日、その理由が分かった。

さおりを木にたとえるなら、幸運な若木。一匹の虫も付いていない、純粋無垢な木。すくすくと枝葉を伸ばし、空に向かって何も恐れることなく、たっぷりの水と栄養分をもらい続けてきた木なのだ。その木にいつか虫が付き、葉が枯れ、枝が折れ、といった不運が訪れたとき、さおりは、きっと変わるのだろう。

(トルコキキョウの花言葉は、私にもあてはまるのだ)

永遠の愛。

花言葉につられて広はふっと、いつだったかさおりをふった男性のことを思い出していた。

会ったこともない、自分と性格が似ている男性って、いったいどんな人だろう。なぜ、こんなこと、気にするのだろう。自分の家の小さな食卓テーブルの上に飾ったトルコキキョウのブーケを見ながら、広はぼんやりと考えているのだった。

黒蝶ダリア

木村さおりの結婚式に出席した日の次の休日、広は一人で道庁の近くの植物園を散策していた。臨時職員だったとき、入ってみたいなあと横目で見ながら通り過ぎていた場所だった。

結婚式場のホテルのロビーに置かれていた植物園のパンフレット。たまたま紹介されていた写真に惹かれ、その花目当てで入園したのだった。

黒っぽい紫色のダリアを初めて見たとき、広は、しばらくそこから目をそらすことができなかった。

そして思わず、広は、

「あっ、母さんの着物！」

と叫んでいた。

黒蝶とも呼ばれる、日本原産の品種のそれは、強風や雨に強く、とても育てやすいダリアだと、看板に書いてあった。

家に戻って真っ先に広は、箪笥の中や押し入れの衣装箱を片っ端から開けていった。すると、やっぱり母さんの遺品の中に、同じ柄の花が描かれた着物と帯があった。

ダリアにはいろいろな花言葉があるけれど、感謝という花言葉が一番ぴったりしているように思っていた。でも、この黒蝶ダリアは、なんだか感謝とは、ほど遠いイメージだ。

高校生、大学生の頃、もともと母さんの持ち物だった漫画本なのに、ある日段ボール箱ごともらい受けて以来の広の愛読書に、ダリアが出てくる漫画があったことを思い出した。

いつだったか、片付けようとして、やっぱり書棚に戻した数冊の中の一つだ。

広は、久しぶりにその漫画を読みふけった。そして、同じ作者のほかの漫画にも手を伸ばした。切ない内容が、次から次へと続く。

「私は、当時、この漫画のナイーブさを、全然理解できていなかったのだ」

と思い知った。当時は、物語のあらすじだけを追いかけていた。ハッピーエンドではない終わり方をする、その漫画の作者に対して、驚きと尊敬と不満が、ない交ぜになった感情を持っていたような記憶がよみがえってきた。

広は、何度も、その、ダリアが出てくる漫画を読み直した。切なさだけが、広の心と体に残り、翌日の朝、風邪の初期症状のような微熱が出たほどだった。

広が勤めている高校の職場に電話して、教頭に発熱を伝え、一日お休みをもらった。月曜日に欠勤するのは気が引けたが、こんなことは初めてのことだし、発熱したのも本当のことだったので、仕方ないと思って、頭から布団をかぶり、眠ることにした。


目が覚めると、じっと蓉が広の顔を覗き込んでいるところだった。

「あ、起きた」

と言って、蓉はにっこり笑いかけた。

「今、何時?」

と聞くと、

「夕方の五時」

と、父さんがキッチンの方から教えてくれた。

トイレに行って用を足し、水でジャバジャバ顔と手を洗い、布団のところに戻ると、おかゆセットが小さなテーブルの上に置かれていた。

「ちょっとでもいいから、食べなよ」

と、蓉が心配そうな顔になって言う。

広は、自分が日常の勤務時間と、ほぼ同じ時間を睡眠に使っていたことに気がついた。

「今日は、眠るのがお仕事だったみたい」

と言うと、

「そんな日もあるさ」

と、父さんが青いジーンズ生地のエプロン姿で、おかゆのしゃもじを振りながら笑いかけてくれた。

ダリアの花言葉は、感謝。

「なんて、ぴったりな一日なのでしょう」

そう思いながら、大きな蜂蜜梅干しをおかゆ茶碗の上にちょこんと載せて、フーフーと息を吹きかけながら、広は熱々のおかゆを、ゆっくりと口にした。卵を散らした味噌汁が、薄口で食べやすかった。

母さんが残してくれた贈り物。それは、目に見える「物」ではなく、広のことを心から心配してくれる家族の優しさや思いやり。

この間、地の底に落ちていきそうなほど深い孤独を味わったばかりなのに、今、まだ何年も一緒に暮らしていない即席の家族の愛に包まれて、こんなに癒やされ、満ち足りた思いに包まれているギャップ。

家族というつながりを、自分の代で閉ざしてはいけない、と広はぼんやり思った。

一生結婚なんかしなくてもよいと言う人は、自分の代で家族というものを消し去ってしまいたい何かを経験した人なのかもしれない。

ルピナス

初夏、野原に様々な色の花を咲かせる、ルピナス。

母さんは、デパートへ勤める前の若い頃、野生のルピナス畑を見ながら、健康食品の移動販売車に乗って、北海道の田舎道を毎日通ったそうだ。

今では全国的に有名な、プルーンを瓶詰めにしたおいしいゼリー商品も、まだ当時は全然知られていなかった。北海道では、札幌の会社が主婦などのアルバイトを雇い、何台もワゴン車を出して、地方営業という形で飛び込みセールスをさせて販路拡大に躍起になっていた。

ルピナスを窓から眺めながら、ワゴン車の運転手さんに聞いて、初めて「ルピナス」と呼ぶのだと知ったそうだ。母さんの田舎では、タチフジとかノボリフジとか呼んでいた。

グラハム・ベルが、電話の敷設の際、アメリカ合衆国中にルピナスの種をばらまいたというエピソードが高校英語の教科書に載っていたので、ルピナスの名前は知っていたが、どんな花なのか、広は知らなかった。

母さんが父さんと知り合ったのは、札幌の厚別区の川べりだ。色とりどりに咲き誇るルピナスを見ながら、仕事がない休日の午前中、散歩をしているときだったそうだ。

「きれいですね」

と声をかけてきた父さんに、母さんは真っ赤になって、

「はあ」

と返事をしたのだそうだ。そう言ってしまってから、その言葉は、自分に対してではなく、ルピナスがきれいだと同意を求めてきたのだ、ということが分かり、さらに頬が熱くなったそうだ。

「花も、あなたも、おきれいですよ」

と、父さんは声を立てて笑いながら、フォローしてくれたという。

それから、休日ごとに、二人で散歩を楽しむようになったのだという。

最初晴れていたのに、途中から雨が降ったある日に、父さんの黒い大きなコウモリ傘が大活躍した。母さんと相合い傘をすることができたのだから。父さんのコウモリ傘は、二人で入っても十分な大きさだったので、母さんも気兼ねすることなく、相合い傘になることができたのだそうだ。

父さんは、とても紳士的だった。そして、雨の中なのに、父さんの体からは森林のようないい匂いがしてきたので、母さんが聞くと、

「自家製のヒバの精油で、虫を追い払っているのです」

と教えてくれたという。母さんは、どうやって精油を作るのか見たくなったので、父さんに頼み込んで、作るところを見せてもらいに、数日後父さんの部屋に行ったそうだ。

父さんは、母さんが訪ねてくる数日前から大掃除をして、母さんに嫌われないように床屋で整髪してもらい、髭も剃ってもらい、準備したらしい。

ヒバの精油は、ヒバの枝葉を漬け込んだお湯を沸騰させ続けて、理科の実験道具のような器具を用いて、蒸発した気体を集めるというオーソドックスな方法だった。たくさんの枝葉から、ほんの数滴しか取れないことが分かり、母さんは、父さんの我慢強さと根気よさに敬服したという。それで好きになってくれたのかもしれない、と父さんからも聞いた。

父さんは、母さんとの思い出の散歩道が大好きで、結婚前も、結婚後も、毎年、ルピナスの咲く頃には母さんを誘って、色とりどりに満開のルピナスを愛でながら、ゆっくり散策を楽しんだそうだ。

母さんと別れてからも、その習慣は一人で続けようと思って、そこに行ってみると、先

に母さんが来ていて、父さんに気づかず、一人でずっと前を歩いているということがよくあったそうだ。父さんは、母さんの姿が見えなくなるまで見送り、そっと立ち去った、という。

「母さんが、違う人と再婚しなかったのは、現実に、父さんと再会できていたからかもしれない」

と、ふと、広は思った。

あんなに勘が鋭い母さんが、後ろを歩く父さんに気がつかないはずがない。しかも毎年同じ季節に、ルピナスの思い出の場所で。あんなに毎日忙しそうにしていた母さんが、半日、ルピナスの散歩道を、ただ思い出のために、ぶらぶら歩きするなんて、ありえない。

蓉が変装して母さんに会いに行ったとき、母さんが何も気づかないで忙しく立ち働いていた、と、蓉から聞いたとき、広は何かしら違和感を覚えたのだが、やっとその理由が分かった。

母さんは、父さんに背中を向けて泣いていたのかな。同じように、蓉の出現に気がつかないふりをして、心の中で謝りながら、忙しく仕事をしていたのかな。

父さんは、再婚してもいいかな、と思えるような、いい人ができかかったときもあったそうだ。でも、結局再婚までには至らなかったという。その女の人とは、恋人のまま、お互いの家を行ったり来たりしながら、数年を過ごし、いつしか自然に離れてしまったそうだ。父さんの記憶では、息子の蓉が太り出したのは、その頃だったらしいが、蓉自身は、もっと後に肥満になったと言い張っている。

母さんは、父さんと蓉の存在に気がつかないふりをしながら、それでも、同じ時を生きていることがうれしくて、愛おしくてたまらなかったのかもしれない。

母さんは、なかなか正規の仕事が決まらない広に語ったことがある。

「広、行きたい道を行きなさい。進めば、必ず道は開ける。振り返ったら、もうおしまい、ということだってあるのよ。過去の時間は、もう戻せないの。振り返ることで、別の新たな世界を踏み出すかもしれない。ぬくもりの場所に戻って、やり直せるのかもしれない。でも、母さんは、過去は過去として、振り返らないで、未来に向かって歩きたいの。なにより、今を大切に歩きたいの。一日一日が、速いスピードで過ぎ去ることが、うれしいの。留まっていることが、嫌なの。ああすればよかったとか、こうすればよかったとか、やり直せば、もっといいとか……。そんな考えに、自分を支配されたくないの。しでかしてしまった失敗を自分自身で受け入れながら、速いスピードの人生を楽しみながら、一瞬一瞬のその日の生活を、宝石のように輝かせたい。当たり前の暮らしの中に、工夫や発見を見つけたい。ワクワク、ドキドキ。それが、あるときは、悲しくても、つらくても、いつか、楽しくって仕方ない日に変わる予感がするから」

母さんは、強くてたくましくて、悲しくて切ない人だった。そして、なにより優しい人だったのだ。

広は、母さんの死によって、現実の「支配」から逃れることができたと思う。でも、その何倍もの愛情を感じないではいられない。母さんが自分の自由を奪ったとは思っていない。一方的な命令や指令を繰り返したわけでもないし。広が自分で、母さんの重たすぎる「愛」の形に戸惑っていただけ。母さんは、娘を支配していたわけではなかったのに、娘の自分は、なんとなく支配されていると感じて生きていた。

母さんは、広に娘であることより、友であることを望んだ。広は、まさに、それこそが母の自分への支配だったと感じていたのだ。

母の命日、蓉にこの話をしてみた。

すると、いつもはカピバラのような優しい眼をしている蓉が、急にきつい表情を見せ始めた。そして、つらそうに話し出した。

「広姉ちゃん、母さんのことを悪く思うのは、やめなよ。父さんにはね、いつも新しい恋人がいたんだよね。もって三年。早いと半年くらいで、とっかえ、ひっかえ」

「ええっ。そうだったの？」

　と広が驚いて言うと、

「うん。父さんはね、女の人から好意を寄せられると、自分からは、断れないんだ。二股ならいいけど、三股、四股なんて、いつものことだったよ」

　父親の意外な一面を知り、広はうろたえた。広は、母さんの方が父さんを裏切って、その結果、蓉ができちゃったから別れたのだと思っていたので、混乱する。

「ねえ、蓉。今でも父さんは、そうなのかなあ。好かれると、好きになっちゃうのかなあ？」

　と、聞いてみた。

「うん。でもね、父さんの方から好きになったのは、母さんくらいだよ」

と、蓉は明るく答えた。

　広は、考えた。

　誰にでも長所と短所があること。

しかも、誰かにとっての長所は、誰かにとっての短所であること。

父さんは、毎年、新しい恋人と連れ立って、ルピナスの小道をデートに使っていたのだろうか。そうだとしたら、母さんが、

「人生は、振り返らない。振り返ったらおしまい」

と言った言葉の意味は、なんて、切ないものになるのだろう。

広は、父さんが自分の畑にルピナスの花を植えないことをロマンチックに解釈して、母さんとの思い出のせい、と思い込んでいたが、どうやら違ったようだ。

ルピナスの花言葉は、

「いつも幸せ」

広の目から、涙がポロリ、と零れ落ちた。

桜花

広が勤務する高校から歩いて五分ほどのところに、広い公園がある。ちょうど、季節的に桜が満開の頃。退勤時間とともに、校舎を出た広は、寄り道をしたくなり、桜の木の下に立った。

そのとき、風が強く吹いたかと思うと、一瞬にして、花びらが空に舞い上がり、そして、広の体中を包み込みながら、足元に落ちてきた。

「桜吹雪って、このことなのね」

と、しみじみ感じ入った。

風がやむと、木は、ほとんど花を付けていなかった。

散り際が美しいと言って、昔の人々が桜の花を愛でたのが、初めてよく分かったような気がした。

ワシントン市のポトマック河畔に、桜の並木道があるそうだ。何十年も前、父さんと母さんの新婚旅行先がワシントンだったらしい。桜並木の下を、二人で手をつなぎながら歩いたのだそうだ。

ジョージ・ワシントンに関して、英語の教科書の教材として、明日、生徒に教えなければならないので、無意識にそのことを考えていた事実に、はっと気がついた。

「とってもいい体験ができたわ」

と、広は得した気分になって、帰路についた。

次の日の授業は、絶好調だった。自分の生き生きした生(なま)の体験が、こんなにも子どもたちに影響するものなのかと知り、広はこれまでの自分を反省した。

まだ、桜の季節は終わっていない。

ときどき、何度も桜の木の下に立って、風が吹くのを待った。

でも、桜吹雪には、とうとう出会わずじまい。

「一期一会なのね」

と、広は独り言をつぶやいた。

桜の花びらが散った後、木は、いったん枯れて死んだようになるが、やがて見事な緑の葉を付ける。

広は、翌月の休日、キャンプ用の桜チップを煮だして、ガーゼやシルクやコットンの布を桜色に染めることにした。ミョウバンを色止めに使うと、うまくいった。

少し柔らかい、サーモンの身のようなピンク色は、なんとも上品で、自然に馴染む。生活が、少し豊かになるような感じがした。

染めた布の端をミシンで縫って、ガーゼは襟巻きスカーフに、シルクはお客様用のランチョンマットに、コットンは夏用のクッションカバーに仕立てた。

どれも直線縫いで、いとも簡単にできた。うまく真っすぐな直線にならなかったところもご愛嬌。椅子に、そのクッションを置くだけで、その辺りがお気に入りのリビングコーナーに変身してしまうのだった。

「姉ちゃん、緑色のクッションも欲しいなあ」

と蓉が言うので、勤務する高校の近所に生えていた野生のヨモギの葉を一抱え摘んできた。そして、手芸店で大きな麻布と緑色のミシン糸を買い、ヨモギで桜チップの工程と同じように染め上げ、夏用の座布団カバーとクッションカバーを作った。

蓉は、広の部屋に来るたび、ピンク色のクッションは使わず、薄緑色の座布団とクッションを、

「これ、俺の」

と言って、専用に使い出した。

蓉はときどき、弟というより年下のボーイフレンドみたいな錯覚を覚えさせた。

桜チップで染めたピンク色のクッションを眺めながら、

「なんか、似ている」

と、蓉が小さくつぶやいた。

母さんが生きている間、離婚のときの約束を守るために、父さんは決して蓉を広に会わせなかったけれど、蓉はときどき、公園から母さんと広が住むアパートの窓を見つめていたという。そして、公園でひとりぼっちの広のそばにいて、気配を消しながら斜め後ろのベンチに座って、ぼんやりしているだけの人のふりをしていたのだそうだ。

いつも、いつも、聞こえてきた小さなつぶやき。

「蓉、会いたいよう」

俺は、ここにいるよ。気づいてよ。いや、気づかないでよ。

今の幸福な日々。でも、あのときだって、眺めるだけで幸せだったのかもしれない。

蓉が目をつぶると、桜が満開になり、そして、一斉に花を散らせ始めた。

ハマナシ

「今年は、ハナナシの花が咲かんねえ。遅いねえ」

と、つぶやく、近所のおばあちゃん。

ハマナシという言葉は、その、宮田のおばあちゃんから初めて聞いた。

宮田のおばあちゃんの生まれ故郷、日高地方の町では、ハマナスと言わないで、ハマナシと呼ぶことを知った。

当時住んでいた母さんと広のアパートから二つ先の垣根を曲がると、

「あんた、ソデさんにそっくりだねえ」

と、なぜか、いつも玄関先から、広の顔をまじまじと見つめる宮田のおばあちゃんに会うのだった。

宮田のおばあちゃんは、母方の遠縁に当たる。何十年も前、広にとって母方の曾祖母に当たるソデばあちゃんと近所で、美幌町に住んでいたのだそうだ。

札幌で、自分たちと宮田のおばあちゃんが同じ町内会だと知ったとき、母さんはとても喜んだ。広も母さんも、ご先祖様についてほとんど知らなかったので、宮田のおばあちゃんが話してくれる昔話には、いつも興味津々になるのだった。

ソデばあちゃんの親世代が、一族で北海道の美幌町に開拓団の一員として入植したときの苦労話を、宮田のおばあちゃんから聞いたとき、その末裔が自分たちであることを実感できた。東北の大地震、日照りや台風、雪害による飢饉、子だくさん、日清戦争、日露戦争など、明治、大正の激動の時代を生き抜いた曾祖父母、祖父母たち。

宮田のおばあちゃんは、母さんが生きている間、数年間、一人暮らしだった。ご主人と美幌町に住んでいたが、連れ合いが亡くなってしまってからは、長男である息子さんが、老母を心配して札幌に呼び寄せた。

ふだん、息子さん一家は札幌の繁華街で商売をしているので、邪魔にならないよう、一緒に暮らすことを拒んでいるのだそうだ。江別市に近い札幌の外れに古家を買ってもらい、お弁当を届けてもらい、ときどきヘルパーさんに掃除に来てもらいながら、火事も出さずに、やっとやっと一人で暮らしているという。お風呂は、近所の天然温泉が湧く銭湯に毎日通っているので、助かっているとのことだ。

宮田のおばあちゃんの嫁ぎ先は、美幌町の魚屋だった。店舗を持たない行商から始まったそうだ。おばあちゃんの実家は日高で昆布漁師だったので、ときどき汽車とバスを乗り継いで実家に帰っては、良質の日高昆布を安い金額で分けてもらったという。それを行李(こうり)に詰め込んで、三段重ねにして大きな一反風呂敷にくるみ、背中にしょって汽車で美幌に戻りがてら、取引先の料亭やごひいきさんに売って歩いたそうだ。

ご主人は、網走の市場で安く仕入れた魚を、オートバイにリヤカーが付いたオート三輪で運び出し、網走から美幌に戻りながら、お得意さん回りをした。売れ残りの余った魚はいったん家に戻ってミンチにして、小麦粉でつないで練り、揚げ物にして、自分の足でリヤカーを引きながら、近所で売り歩いたのだそうだ。

二人三脚の夫婦での商売は、四人の子どもを育てながら、やがて住居付きの大きな鮮魚店を持てるまでに繁盛した。その際、泥棒よけに、魚屋の店の周りを柵で囲い、さらにぐるっとハマナシの若木で取り囲んだ。

「ハマナシは、触ると痛えんだわ。とげさ、いっぱいだからなあ。それによ、夏の間、長く咲いてくれるしなあ。たいして肥料もいらねえから、手間もかからない。赤や桃色、白も植えたさ。きれいだったよお」

と、宮田のおばあちゃんは、懐かしそうに目を細めながら聞かせてくれた。

「息子らなあ、もういいかげん商売やめろって、何度も言ってきたんだ。でもよ、どんなにかっこ悪くてもよ、これでおまえたちを育てたんだと言っては、父さんと二人で、やめねえで商売続けたんだわ。ちびちび金貯めて、金婚式の旅行さ、二人でしてケンカさしながら、伊豆にも行って来たさ。でもさ、それから何年かして、父さんが死んじまってさ、急に、嫌気がさしたんだ。昆布、もう、背負って歩くの、勘弁してくれって思うようになったんだ。それで、息子の言うこと聞くようにしたんだ」

また、あるときは、

「昔はなあ、美幌の駅にもな、だるまストーブが二つあってな。しゅんしゅん、音を立てて、やかんのお湯が沸騰すっぱなしでさあ、ストーブの火が燃えててなあ、暖かかったなあ。汽車が出発するぎりぎり手前まで、ずいぶんとお世話になったもんさ」

と、ときどき広と母さんに話してくれた。

母さんは、若い頃、何度か美幌駅で会うと、宮田のおばあちゃんの背負う風呂敷包みの大きな荷物を後ろから持ち上げて少し軽くしながら、駅の長い長い階段を一緒に上り下りしたのだそうだ。

「あんたは、ソデちゃんより、べっぴんさんだなあ。きっと、いい婿さんが見つかるよ」

と言ってくれたので、思わず笑ってしまったそうだ。

広にとって、曾祖母のソデばあちゃんが、自分とよく似ていると聞いたとき、

「宮田のおばあちゃん、私より母さんの方がきれいだと思っているんだね」

と言うと、

「うん。そりゃそうでしょ」

と、母さんはすまして答えた。

宮田のおばあちゃんとソデばあちゃんは、昔、恋のさや当てをしたことがあるのだ。母さんは、宮田のおばあちゃんにとって、昔好きだった男の孫だということなので、面影が少し残っていたのかもしれない。

その後、宮田のおばあちゃんは何度か軽い脳梗塞になったが、持ちこたえた。そして、広の母の方が、宮田のおばあちゃんより先に逝ってしまった。

宮田のおばあちゃんは、病院から退院したものの、だんだん物忘れがひどくなって、今はケアホームに入所しているそうだ。それでも、小学校五年生程度の読み書きレベルの記憶力はあるらしくて、ケアホームでは優等生だという。息子さん夫婦が、主(あるじ)の住まなくなった家を処分している最中、広は偶然、それを見かけたので、

「縁戚の、村崎というものですが……」

と走って訪ねていき、聞き出した。

「ああ、ソデさんのひ孫さんですね。あなたに会うと、うれしそうにうちの母親が話してくれたものですよ。ほんと、あなた、ソデさんに似ていますねえ」

ソデおばあちゃんの生きていたときを知っている高齢の宮田さんご夫婦は、にこにこしながら話してくれた。

「今、こちらからお伺いしようか、と思っていたところだったのです。すみませんが、うちのおばあさん、もう着物が着られないと思うので、少し、もらってくれませんか。本人が、ソデちゃんのひ孫にいくつかあげてくれ、と言っているのですよ」

と言う。

広は、お断りする間もなく、重ねられたタトウ紙の包みのまま手渡されたが、持って帰れる重さじゃない。それで、いったん家に戻り、父親と蓉に応援を頼んだ。

このとき、縁戚が一堂に会して、みんなでお別れの挨拶ができた。父さんの畑で育った花や野菜が、彩りを添えた。

家に帰って、父親と蓉と一緒に、その着物のいくつかを広げると、明るい橙色の付け下げや、ほとんど新品の大島紬のアンサンブルと夏の絽の着物や帯などが出てきた。

「いいんじゃない。もしも、何年かして宮田のおばあさんが亡くなったら、香典をはずもう」

と父さんが言うので、思わずアハハと笑ってしまった。

どっこい、宮田のおばあちゃんは、百歳を超えて、今も元気に生きている。

タトウ紙のまま、いただいた着物と帯の柄の一つは、後から開けてみると、赤と白のハマナスだった。好きな花を着物の柄に選ぶというのは、ひと昔前の女性の一世一代の贅沢だったのかもしれない。母のダリアの着物を思い浮かべながら、広は、そっと、何度もその着物と帯の手刺繍を撫で、ハマナシの絹の感触を確かめていた。

カモミール

教室の窓から、くっきりと青い空が浮かぶ、夏。

「広先生、匂いが変わった?」

と、女の子は言った。

「ん?」

振り向くと、

「広先生の匂い、いい香りのする先生の中で、一番か二番だよねって、ときどき友達と話していたの」

「うれしい。最近、柔軟剤を変えたのよ」

「へえ。これも、いい匂い」

その夜、広は、女の子とのやり取りを思い出してはうれしくなった。そして、クッションに顔を埋めては、つい、一人にやにやしてしまうのだった。汗っかきの広は、小学生のときに、男子にからかわれて以来、自分の汗が他人に不快な思いをさせていないか、いつも気になっていた。植物由来の衣類の洗剤や柔軟剤、ボディーシャンプー、そして様々な香りの香水に凝るようになったのは、それ以降だ。人工ではない、天然の香料の製品。良さを知ると、もう戻れない。

たとえば、桃の香りのボディーシャンプーでしっかり体を洗った後に、ほんの一滴、誰にも気づかれないような量の、でも、とてもいい残り香のする母の香水をシュッと一吹き、ランジェリーに振りかけると、とても幸せな気持ちになるのだ。

広は、あんまりうれしかったので、その女の子との思い出を何か物語に残したい、と思い始めた。

そして、数日間、頭をひねった結果、「物語の種をくれる女の子」という題名は決まったのだが、どんな種にしようか、思いつかない。

その女の子は、なによりも心が美しい子だった。人間が持つはずの、恨みや嫉妬、憎しみという感情を持たないように努力しながら暮らしていた。怒りでさえも、上手にコントロールできるのだった。

「広先生、私、人とケンカしたことないのよ」

と、こっそり広に話しかけてくることもあった。

「自分と誰かの意見とか、ぶつからないの？」

と聞くと、

「ぶつかってもね、それもそうだね、それもいいね、って思っちゃうの」

「たとえばさあ、自分の家族が無差別に殺されたら、怒りがこみ上げないの？」

と聞いてみた。

するると、

「もし、お母さんが何も悪いことしていないのに、誰かに殺されたとしても、犯人はきっと裁判とかで刑が執行されるでしょう。それでいいって思う」

「犯人や、その家族に、賠償金、支払いなさい、とか思わないの？」

「うん。きっと、おばさんに育ててもらう」

「おばさんが、養育費が欲しいって言ったら？」

「私が大人になって、年取ったおばさんがおばあちゃんになったら、必ず助けるから、今は生活助けてって、頼む」

何も言えないで、広が考え込むと、

「広先生、欲張っちゃ、いけないのよ。今、生活できるお金があればいいの。私は、お母さんが死んだら、おばさんとのささやかな幸せを探すの」

きっぱりとそう語る、その少女の横顔を、広は、本当に美しいと思った。

広は、物語の題名を、「優しさの種」に変更することを決めた。

香りは、カモミール。広が、最近「これ、好き。大好き」と思える香り。父さんの畑に、無造作に植えられているカモミールの小さな花を、何本かちょっとつまんで、お風呂のお湯に浮かべると、とても幸せな気持ちになるのだった。そして、自分がまだ子どもで、母さんが生きていたときのように、すっかり大人に委ねて心配事のない安心感に満たされた気持ちに近づくのだった。

ある日、野原に風が吹き渡ります。

One day, it becomes to blow wind in the field.

広は、そこから先のストーリーを考えることを、急にやめた。

カモミールの豊かな香りに包まれながら、思った。

「きっとあの女の子は、どこへ行っても、誰にでも優しさの種をまき続けるに違いないのだから、私が物語を考えるより、はるかに素敵な人生を送るのだわ」

と思い始めたからだ。

優しさの種がカモミールだとすると、

「幸せの種は、何だろう？」

と突然、疑問が浮かんだ。

きっと、答えは様々。いろいろな花の香りが混ざり合っての、えも言われぬ幸福な人生が、きっと未来に存在するような、そんな気分にさせてくれる夜だった。

蜜柑花

三月に転勤していった先生の代わりに、四月一日、「情報」と「公民」を担当する男性教員が、広の高校に赴任してきた。もう三十歳を超えているけれど、北海道の教員採用試験に合格し、新採用だということだった。

「佐藤武（たけし）です。漢字で武は、武士の武（ぶ）です。ちなみに極真空手を十年くらいやってきました。よろしくお願いします」

広は、フミネちゃんと同じ「佐藤」という苗字かと思った。すでに配布されていた学級編制のプリントを見ると、自分が一年A組の担任、佐藤武先生が副担任として配属になっていた。それで、

「村崎広（むらさきひろい）です。英語の教員になって、まだ三年ちょっとしかたっていません。担任業務は初めてです。よろしくお願いします」

と挨拶した。

すると、一瞬、佐藤武の目が大きく見開かれた。

「どこかで、そのお名前をお聞きしたことがあるような気がします」

広は、低くて素敵な声だなあと思いながら、

「そうですか。よく男性のヒロシと間違えられるので、大変です」

という話をした。

佐藤武の体は、見るからに筋肉質で、スポーツ万能に見えた。

「ずっと空手をやってきたなんて、すごいですね。ぜひ、一度拝見したいです」

と、スポーツに縁遠かった広は、佐藤武に対して、尊敬に近い気持ちで言った。

歓迎会のとき、席決めのくじを引いて、広は佐藤武の隣に座ることになった。

武は、黙々と食べ、飲み、新卒として先輩方にお酌をして回りながら、同僚たちを観察している様子だった。武が席を立つたびに、広はそっとオードブルの料理を小皿に取り分けた。

「盛り付けのセンスがいいですね」

自分の席に戻ってきた武が、さりげなく広に話しかけた。

「褒めてくださって、ありがとうございます」

と、うれしくなって、広が返事をすると、

「いいえ、全然、とか、私でごめんなさいとか言わない人、好感が持てます」

武が答えた。

「なぜですか？」

きょとんとしながら広が聞くと、武は、考えながら答えてくれた。

「はい、得意なんです、とか、ありがとうって、なかなか言えない言葉です。いいえ、とか、すみませんとか言って、自分を実力よりも下げて相手に伝えておいた方が、日本人の集団は、うまくいくことが多いから」

広は、母さんとのＰＱとかＥＱと呼ばれるトレーニングのことを思い出していた。

（だって、小さい頃から、たくさん練習してきたのですもの）

と、心の中で答えていた。

「僕には、嫌いな女性のタイプがあります。二つね。一つは、自分なんか全然だめな人間です、と言いながら公平感覚に乏しい女性。いわゆる、卑屈な人。もう一つは、なんでもすること、なすこと、自分は、自分はと言って、自己主張しすぎる人。いわゆる、子ども。僕は、普通の感覚の女性が好きです」

と武は言うのだった。

「普通って、存在しないのかもしれません。みんな大人になるにつれて、どこかしら心が傷ついて、このへんが普通じゃないかと思えるところを探し求めながら、まあこのへんだろうと決めて、言葉を選んで、話しているのだと思うのです」

と広が言うと、武は答えた。

「あなたは、きっとそういうナイーブなタイプですね。僕は、中庸が好きです。だいたいこのあたり、というのが、人間の生き様として正答に近いのではないか、と思えるからです」

「どうして、正答の反対の、誤答ではだめなのですか？」

広が聞くと、

「だめとは言っていません。間違いが嫌いなだけです」

と、武は苦笑しながら答えた。

広は、考えた。間違うことを嫌いだという男の人。きっと、過去に、取り返しのつかない、大きな間違いをしたことがあるのかもしれない。そう思ったが、口には出さなかった。

「何を考えているのですか？」

と聞かれて、

「あなたの頭の中のことです。想像していました」

赤くなりながらも正直に言うと、武は声を出して大笑いした。

「あなたは、面白い人だ。僕も、あなたの頭の中が気になります」

と言うので、広はさっきよりさらに頬がほてってってしまった。

思春期を女子ばかりの集団で過ごした広は、大学でもかなりの奥手で、しかも、フミネちゃんをいじめ続けていた「男子」という存在が嫌いだった。大学生になってすぐ、広に交際を申し込んできた数少ない奇特な男子を片っ端から振った。そのことについては、なんの後悔もしていないが。

でも、ここに存在する人は、男子というより、大人の男性だった。

「佐藤先生は、大人だと思いました。私よりたった三つくらい歳上なだけなのに」

広が言うと、

「あなたは、どういう人が好きですか？　逆に、どういうタイプが嫌いですか？」

と武が聞いてきたので、

「男性で、好きなタイプは、大人の男性。嫌いなタイプは、軽薄で、そのとき幸運である自分に気がつかない人。不運な人を見下げる人」

と答えてしまった。言ってから、「しまった」と思った。

「たとえ、リップサービスでも、うれしいですね」

言いながら、佐藤武の視線は、どこか遠くを見ているようだった。

「あの、私、何か失礼なことを言ったのでしょうか？」

恐る恐る広が聞くと、

「いいえ。赤い花を持っている人に、赤い花を選ぶセンスがいいですね、と褒めることは、人としてのマナーだと思います。僕は決して大人ではありませんが、隣に座った女性に、大人ぶってかっこつけて話したときに、大人だと言って気遣ってくれるのは、うれしいものです。気になったのは、嫌いなタイプの方です。自分も、かつて、自分が偶然幸運なときに、たまたま不幸な人間を軽蔑したり、見下したりしてはいなかったか、その繰り返しではなかったか、なんて思ってしまいました」

広は、それを聞きながら、ふっと蜜柑の花の香りを思い出していた。

きっと武のコロンか整髪料から、運ばれてくるお料理の味を変えない程度に、わずかに柑橘系の香りが漂うものなのかもしれない。

くんくん、ひそかに匂いを嗅いでみたが、運ばれてくるお料理から、その香りが出ているわけではなかった。

「あの、嫌いな男性のタイプ、というのが、実はよく分からないのです。だから、知っている女性の、ある苦手な一面を話しただけなのです。この子って、きっと、ずっと幸運に恵まれてきたのだろうなあ、もし、一度でも不運を知っていたら、人として、もっとずっと良くなるのになあ、本当の友人になれるのになあ、って」

武は、広がそう言うと一瞬、大きく目を見張ったが、すぐに黙り込んだ。

その後、数回世間話的な会話をしたが、武は上の空な様子で、なんとなく、二人の話は弾まなかった。やがて武は、自分の席を立って、お酌をして回ってばかりになった。

歓迎会が終わると、ホテルのロビーにたむろする同僚に詫びながら、広は二次会に出ないで、タクシーを拾って家に帰り、シャワーを浴びた。

「なぜ、どこから、蜜柑の香りが漂ったのかなあ。もしかして、佐藤先生からじゃなくて、自分の体のどこかに蜜柑の香りが付着していたのかなあ」

と気になった。

でも、どこにも蜜柑の香りはついていない。

しばらく考えて、広は、

「幻覚や幻聴のように、香りにも幻というものがあるのではないか」と思えてきた。

その夜、急に蜜柑の花言葉が気になり出した。

広は歯を磨き、パジャマに着替えて、いったんベッドに横たわっていたが、迷ったあげく、羽毛の掛布団をはねのけ、調べることにした。

「蜜柑の花の花言葉は、花嫁の幸せ」

スマートフォンの文字に釘付けになった。

「私は、心の底で、ずっと花嫁の幸せというものに、あこがれてきたのかもしれない」と、突然広は気づいた。すると、かーっと体中が熱くなっていく。

武のそばにいるとき感じた蜜柑の花の香り。フリージアの香りを少し強めて、さらに甘さを引いたような香り。

広は、逝ってしまった母さんがフリージアを好きだったことを思い出しながら、再びベッドにもぐり込んだ。蜜柑の花の香りは、もうとっくに消えていた。

なんとなく眠れずにいるうちに、今日の会話で佐藤武について聞き知ったことを、ベッドに入ってから思い返してみた。

武は、大学を卒業後、地元の教員採用試験に合格するまで、七年近くかかった。なぜなら、東京、千葉、神奈川など主に関東方面の学校で、期限付きの臨時教員をしたから。すぐに本採用になると、とんでもない過ちをおかしそうで怖かったから。大学の取得単位と通信教育のそれを組み合わせて、教員免許は、小学校、中学校英語と「情報」、高校「公民」と「情報」を取得することができたので、赴任する学校は小学校、中学校、高校全てを経験していた。その後も、三年間私立の高校の臨時教員になり、校長から本採用を請われたこともあったが、将来北海道にいる両親を扶養しなければならないと言い、体よく辞退した。七年ぶりにようやく北海道に戻ってきたときも、まだ身分は臨時教員のままだったのだが、札幌の実家から通えたので、夜、数時間は、採用試験に集中することができた。

一方、佐藤武もその夜眠れずにいた。

ずっと前、木村さおりから聞いた言葉が、ときどき、脳裏をよぎる。

「ハシバミの花言葉は、過ち」

「俺は、この七年間、過ちを繰り返さなかったのか?」

と、武は自分に問いかけてみた。武には、よく分からなかった。武の教え子から自殺者は出なかったが、いじめや不登校や引きこもり、統合失調気味の子どもたちを、本当の意味で救えたかどうか、分からないままだった。

教師である限り、存在する難題。学校教育の中で、常に改善しなければならないという難題。武は、この難題に立ち向かう、よりどころを探していたのかもしれない。

ライラック

初夏、札幌の大通公園は、「ライラックまつり」でにぎわっていた。

広は、同じ日の午後、佐藤武に招待され、ある別の催し物会場に出向いた。

前を歩く、少し背の高い見知らぬ男性と同じくらいの高さのライラックの木々が、満開となってたくさんの花房を付けていた。それは強い芳香とともに、車道と車道の隙間にできた細長い公園の並木道を彩り、排気ガスを和らげていた。

ピンク色やら薄紫やら、白やらの見事な花房からこぼれる芳香の、その視線の先には、空手着を着た佐藤武の姿があるはずだった。

それほど視力もよくないのに、昔から眼鏡嫌いの広は、じっと一点を見つめながら、ぼんやりした形を追って、ゆっくり歩く。

福祉施設の特設広場では、さっきまでフラダンスを踊っていた年配の女性グループが去った。その後、ちびっ子を相手に武は即席の空手教室を開いていたのだった。

近づくにつれてだんだん大きくなる、晴れた空と白い空手着の集団は、絵にしたいくらいに素敵だった。

空手教室の講師というボランティアを終えて、空手着からワイシャツ姿に着替えた武が、広の隣に姿を見せたのは、午後三時を回った頃だった。

佐藤先生は、今年の四月に赴任してきたときよりも少し痩せたようだった。

「北海道の公立高等学校の部活顧問というのは、早い話、なんでも屋です。朝練習、放課後練習、土日の生徒遠征引率、合宿の講師等々、時間との戦いです」

と言うので、

「佐藤先生は、ベテランなのに、新任研修もありますものね」

と広が気の毒そうに言うと、

「あれは、結構面白いですよ。都道府県で、内容は違うようですね」

と、にこやかに答えた。そして、

「やっと今日、謝罪できるチャンスが来ました」

と付け加えた。

毎日、仕事上、担任、副担任として顔を合わせてはいるものの、琴線に触れるような私語を交わすことはできなかった。

広は、謝罪という言葉に戸惑いながらも、

「歓迎会のとき、のことですか？」

と聞くと、

「そうです。急に村崎先生との話を切ってしまって。申し訳なく思っています」

と言うのだった。

広は、黙って次の言葉を待ったが、武はそれ以上何も付け加えなかった。

「お酒を注いで回られていたのですものね。お話が中断になっても、仕方のないことです」

と、広は笑顔を作りながら言い添えた。

そして、ライラックの花の香りを楽しみながら大通公園を二人で歩いた後、一緒に軽い食事をとった。

向かいに座っている相手が、ふとした瞬間、冷静にじっと自分を見つめているような気配がした。視線を上げると、やはり、武は広を真っすぐに見つめていた。

「私の顔に何か付いていますか？」

と言って、広が自分の口元を軽く拭くようなしぐさをすると、

「いいえ」

と言いながら、武は口元だけで笑っていた。

広が先輩風を吹かせて、支払いをすませようとすると、

「割り勘にしましょう」

と武は冷静な声で言うのだった。

初めから、次のデートへの期待はしていなかったが、まだ夕暮れまでに時間がたっぷりある中で、

「じゃあ、また、月曜日」

と言われ、驚きながらも、別れた後、広は寂しく感じた。

「四月の初め、自己紹介をし合ったとき、空手をするところを見たい、と言った自分の希望をかなえてくれただけ。おまけで、軽い食事に誘ってくれただけ。相手の分もお金を払おうとして、怒らせちゃったかなあ。いいや、違うなあ。最初から割り勘のつもりだったから、そう言っただけのこと」

心の中を、様々な思いが駆け巡る。

分かっているのに。

ライラックの花の香りは強すぎて、くらくらと広を惑わせるような気がした。

「バカねえ。こんな中で、柑橘系の淡い香りを期待するなんて」

と、内心、自分が情けなくなった。


広は、学校以外の場所で武と二人で会ったとき、なんとなく、もう一度蜜柑の香りを嗅ぐことができるような錯覚に陥っていた。校内で何度か、武の歩いた後、蜜柑の香りを嗅いだような気がしてきたからだ。

なんの根拠もないのに、その期待だけが膨らんでいた。

フリージアによく似た、柑橘系の淡い香り。自分の広という名前の由来。

ぐるぐると、頭の中で様々な花の香りの記憶がよみがえっては、消えていく。

夜中、ベッドに横になって気がついた。広の鼻先には、柑橘系の香りではなく、ずっとライラックの香りの記憶が残っていた。

今日、大通公園で一番輝きを放っていたライラックの花々。そして、強い香り。

広は、なんだか疲れているのに、体の芯と頭の中の一部が冴え渡って眠れない、矛盾した一夜を持て余していた。

ポピー

父さんの畑には、初夏から夏にかけて、黄色や赤や白やオレンジ色のポピーが咲き誇った。

広は、この時期、その場所には近づかなかった。遠くから眺めるだけ。

ポピーの花言葉は、忘却。

母さんは、「父さんと別れた当時のことは、何もかも忘れたわ」と、よく言っていた。

広には、そんなことは信じられなかった。

きっと思い出したくないだけだわと、思ってきた。でも、母さんに面と向かっては言えなかった。

母さんが死んで、父さんと弟と毎日過ごすようになって、社会人として働き出したある日、ふっと気がついた。

「忙しくしていると、どんなに大切なことでも、悲しいことや、つらいことは、ふっと忘れてしまうことがあるのだ」と。

「もう二度と失敗はしないと思っていたのに、つい繰り返してしまうのは、なぜだろう？」

ちょっとした職場での失敗体験を、こうして何度も重ねている自分。忙しくしている中での、あちこちに仕掛けられた人生のトラップ。

広は、社会人になってから、自分がどんどん凡庸で鈍感な人間になっていくような気がした。演じている自分。居場所が見つからない自分。

お金をもらって働くということの重み。できて当たり前、うまくいって当たり前の世界。些細なミスが許されない仕事。

実際には、ほとんど乗ったことはないけれど、たとえるなら、ぎゅうぎゅう詰めの電車に、さらに押し込まれるような、そんな日々に似ている。

広は、職員会議が苦手になっていた。

最初の頃はドキドキしながら、諸先輩の話に耳を傾けていたが、この頃は、途中からう・・・とうとしてしまうことも多くなっていた。

滞りなく進められていくということの意味と、そのからくり。積極的に発言する人々への不信感。

「一皮むけば、生徒のためではなく、自分をアピールしたいがための尺度で、この人は語っているのではないか?」

と思ってしまう。口元をぎゅっと固く結んで、耐える日々。

官公庁での会議とは、だいぶ違った。

広は、道庁での会議というが、「国から予算をどれだけぶんどることができるか、喧々囂々の荒々しい野性的な会議であり、夜遅くまでサービス残業を続けながら仕上げた資料を基にした、緻密なプレゼンテーションの場」であるということを目の当たりにしたことがあった。

広は、自分に自信が持てないでいた。

新米の英語教師がいくら努力したところで、英語嫌いの生徒を、劇的に英語好きに変えることができないのは、当たり前だと分かっていても、つらかった。

他の教師の目には、可もなく不可もない平凡な授業に見えているかもしれない。すぐには努力が実らない、成果が見えない教育という化け物に、食い殺されそうになるのを、必死で耐えるしかないのだろうか。

母さんが、忙しくしていたわけが分かったような気がした。

忙しくしていると、一時しのぎではあっても、忘れたいことを忘れることができるから。ＩＱが高くてナイーブで、子どもらしくない繊細な心を持つ一人娘に対して、母さんは、ときどき息苦しさを感じていたのではないか。なによりも、娘にとっての父親という存在を、自分のせいで消失させてしまった母としての負い目があったのではないか。

母さんは、仕事が大好きだった。

広も、少しだけ母さんを真似した。忙しく働いていると、何も余計なことを考えずにすむ。でも、母さんと違って、その仕事自体が、広にとってストレスフルなものだった。

広は、独身時代の母さんを真似て、旅に出てみたくなった。イギリスの小さな田舎町を、Ｂ＆Ｂ（ベッドアンドブレックファースト）に泊まりながら、リュックサックを背負って、歩いてみたくなった。

この頃は、ＢＳテレビで紹介される外国の静かな旅番組を見るのが、広の心の癒やしだった。

ポピーのことは、イギリスの作家で数学者、ルイス・キャロルの『不思議の国のアリス』で知った。けし畑で眠ってしまうアリス。野生のけしの花は、アヘンという麻薬の原料になることも、中学生になって知った。

父さんの畑に植えられているのは、アイスランド・ポピーという品種で、毒性がなく、眠くならないものだということを、広はこの頃知った。種を食べると精力剤になるらしいのだが、日本では、誰もそんなことはしない。観賞用として、ポピーの花を眺めるだけだ。

だが、考えれば考えるほど、イギリスに行ってみたいという気持ちは、自分の本心なのか、疑わしい気がしてくる。

広は、自分の本心が、教師を辞めたいというところにあるのではないか、と思うようになってきていた。

「そうだ、自分は、教師に向いてない」

ということに、広は気がつき始めた。

「そうだ。自分は教師に向いていない」

ときどき、何度も声を出して、それも大きな声で言ってみると、さっきまでざわついていた不安のようなものが、すっと消えた。

自分と比べてみると、武は広より年上だし、広よりずっと担任としての力量があるのではないかとも思う。課題解決力、調整力、たくましさと押しの強さ。

毎日、たいしたことではなくても、彼と意見が分かれたときに、広の方が譲ってしまう。

「担任は、自分なのに。なんて情けないのだろう」

四月当初、抱いた淡い恋のような感情は、すっかり消えていた。

フリージアの細くて、控えめな花びらの開き具合、そのラッパのような花の先の広さを気に入った母さんが、娘の名前の由来にしたせいだろうか、広は、他人と争う前に引いてしまう。そして、自分の意見があるというのに、ドキドキはらはらしながらも、自分からは発言できないのだ。なんとなく、ただ、無駄な時間が過ぎ去っていくのに耐えているような気がして、それでも、やっぱり言えないで、あきらめる。特に、押しの強い男性と言い争うことは、経験不足のせいで、とても苦手なことだった。

家に帰ってから、父さんや蓉と言い争うことは、まったくなかった。広は二人に会うと、なんだか心が和んでしまって、無理しなくても穏やかな言葉しか口から出てこないのだ。母さんの死によって、広の中のギザついて荒々しい部分が心の奥深いところにしまわれ、しっかりと鍵がかけられてしまったのかもしれない。

一時的に仕事を放り出して、ストレスのない国に出かけ、けし畑で眠ってみたい、なんていうのは、考えてはみるものの、ごまかしでしかない、と思えてしまう。

ポピーの香りは、甘くてしびれるようだと、父さんが言っていた。でも、広はちっとも嗅いでみたいと思えないのだった。

檸檬(れもん)

佐藤武は、檸檬をそっと手のひらで包み込む。さっき冷蔵庫から取り出して、バナナやリンゴや、その他の派手なフルーツが描かれた、フレンチポップな絵柄のプレートの上に置いたばかりなのに、真夏の暑さのせいか、ほんのりと冷たい、という程度にしか檸檬は冷えていない。

ほんのりと冷たい、この檸檬の感触は、棺の中の鉄矢に触れた感じとよく似ていた。いじめに遭って、飛び降り自殺をしたあいつ。脳みそが砕け散ったテツの遺体は、首から上の部分が修復されるのに時間がかかり、棺に収まったとき、普通の遺体の三倍ものドライアイスで冷やされていたらしい。

ふっと我に返った武は、檸檬を手から離し、ディッシュプレートの上に載せて、ナイフで薄切りにし、冷たい紅茶の入ったマグカップにその一片を入れ、ごくごくと飲み干した。

そして、物思いに沈む。

「今日も、自分は、ダメだったなあ。情けないなあ」

と反省する。

担任に主導権があるのが分かっていても、つい副担任として、出しゃばってしまう自分に、後から一人、苛立っていた。

「余計なことをしている、と思いつつ、ついつい口出ししてしまう自分のことを、きっと担任は、嫌い始めているに違いない。この頃、村崎先生は元気がない。元気をなくさせているのは、自分だ」

武の反省は、堂々巡りをする。

だが次の日、また同じ思いを繰り返す。

武は、木村さおりと村崎広が友人関係であることは、前から知っていた。でも、ずっと前、木村さおりが言っていた、俺とよく似た女性というのが村崎広であることは、歓迎会のときまで気がつかなかった。

ハシバミの花言葉になぞらえて、木村さおりが、

「親友の死を自分の過ちとしてとらえ、後悔し続けている」

と見抜いたことを、ぞっとしながら、武は思い出していた。

（あの女は、俺が傷ついたのと同じくらいか、それ以上の鋭い言葉で、広先生のことも、

傷つけたのだろう。「これまでの人生が幸せすぎて、他人の不幸が理解できないからだ、不幸を経験したら変わることができるのに」というようなことを、広先生がライラックまつりのとき、語っていたなあ）

武は、広先生に親友の死について聞いてみたい衝動に駆られながら、我慢する分、きつい態度に出てしまうことを自覚していた。

武は、今できることとして、村崎広先生ともっと馴染んで、お互いに自分をさらけ出さないと、心の奥深いところの傷について語り合うことはできないと思い、やっと決心がついた。

それで、これまでいい格好をしないように、素のままに広先生と接していた。

しかし、広先生との距離は、縮まるどころか広がるばかりで、手の打ちようがない状況になってきた。

この頃、自分から広先生をさりげなく誘っても、二人きりで会う約束に限って、全て断られ続けている。だから、余計イライラが募ってしまうことも、武は自覚していた。

檸檬入りの紅茶は、ほんの少しだけ、イライラに効果的だった。

武は、三十歳になるまで、遊びの恋ならしてきたけれど、本気で女性との恋愛を経験しないようにしてきたことを少し後悔していた。これまでの恋愛は、全て薄っぺらだったと自覚していた。

長い時間、武は檸檬をじっと眺めた。

やがて、広先生に対して、必要以上に素を出してしまっている自身に思い至った。

「これは、本気だ」

紅茶カップを置こうとしたとき、檸檬は、プレートのフルーツの絵柄の中にも描かれているのに気づいた。

偽物と本物。嘘と本当。遊びと本気。

形のあるものなら、人はすぐに、それを見分けることができるのに。

広先生と並んで、たとえば教室の窓辺で、同じ方向を見つめながら、何かを話しているとき、無意識に、必要以上に言動が熱くなっている自分を感じた。

ほんのりと冷たい、さっきの檸檬の感触。あれは死人の感触で、生きていたときのテツの感触じゃない。でも、テツの感触であることは紛れもないのだ。

俺が俺であると自覚してきたこと自体が偽物で、ずっと何かを堪(こら)えてきた自分の作り出した理想の人格が、一部俺の本物になっていると、唐突に思った。

理想の人格を取り払って、素のままで、広先生に向き合っている自分。それに気づいたとき、にやっと、一人笑いがこぼれてきた。

姫リンゴ

幼稚園の前庭には、姫リンゴの林が広がっていた。

園児を見守りながら、広たち見学者を案内するシスターは、

「小さな子どもたちが、その可愛らしい小さな手で、秋の収穫を楽しむことができるようにと、七年前に植樹されたのですよ」

と、歩きながら説明してくれた。

「こうやって、手でもいで食べることができるまでに育ちました」

と、少し頬を染めながら、うれしそうにシスターが姫リンゴの一つに手を伸ばす。

広は、その様子をじっと見つめていた。

研修で訪れたカトリック系の幼稚園。

広は、自分が高校教師に向いていないのではないか、と悩み始めていた。それで、教育の幅を広げたいという表向きの目的で、研修の機会があるごとに他の学校種の見学を希望し、こうして実現したのだ。本当は、教師として向いているのか、どうかを確かめるため

に。

このとき、なによりも、幼稚園児の耳をつんざくような歓声に、広は圧倒されていた。電車が通る音で会話がかき消されるほどの、まるで騒音のような絶叫をし続ける子どもたち。

「昔の子どもたち、昔といっても、たかだか二十年ほど前までの子どもたちは、こんなふうに甲高い声を出して遊ぶことなど、めったになかったのですよ」

と、シスターが悲しそうな表情で話してくれた。

「残念ながら、今の子どもたちは、すでに閉塞感というものを知っているのです。毎日の生活の中で、もう他のどの場所でも、こんなふうに大きな声を出すことは許されないことを感じ取っているのでしょう。そのため、ストレス発散とばかり、ここで甲高い声を出して遊ぶのでしょう」

桶の水にぷかぷか浮いた姫リンゴ。重曹が入った水に小一時間漬け置きして農薬を落とし、その後、水道の水でよく洗って、おやつとして一人一個、姫リンゴを丸かじりする体験をさせるのだそうだ。規則上、完全に無農薬で、姫リンゴの木を育てることはできないものの、食の安全を考え、できるだけ低農薬で育てているとのことだった。

広ら見学者十人ほどの集団も、見学の最後に、姫リンゴを味見させてもらった。スーパーマーケットで売っている普通のリンゴより、ずっと小さくて、甘酸っぱくて、味が濃いような気がした。

辺りに立ちこめるリンゴの香り。

「ここも、違う。自分の住む世界じゃない」

と、広は感じた。

なぜ、シスターたちの清楚で品が良くて、なにより穏やかな会話と、子どもたちの絶叫するような声が同時に成り立つのか、注意深く観察しているうちに、気がついた。子どもたちは、シスターのお話を聞くときには、ちゃんと座って耳を傾けていた。シスターは、

「あなたの全てを受け入れていますよ」

と、その笑顔と小さな優しい声で表現しているように思えた。

しかし広は、自分がお寺に無理に連れて行かれて、除夜の鐘の中に頭を突っ込まれ、ゴーン、ゴーンと鳴らされているような、不快な気持ちで子どもたちの甲高い声を聞いていた。

ちっとも、子どもの立場になって考えてはいなかった。

「だめだなあ、優しくないなあ」

と、思わず自分を責めていた。


その夜、意気消沈している広の部屋に、蓉が訪ねてきた。

「さっきの夕食、姉ちゃんが、あんまり元気がなかったから、さあ」

と、ぽつりと言った。

広は、幼稚園で見学したときのことを、かいつまんで蓉に話した。

蓉は、

「誰だって、最初はそうじゃないのかなあ。電車の音より大きい子どもの声って、聞きたい人いないでしょ」

と冷静に感想を言った。

「ううん。エピソードが違ったとしても、自分は、どこかしら、ちっちゃい子どもに冷淡だと思う」

と言いながら、広は気がついた。

自分は、高校生を教えることが嫌ではなかったのだ、と。

佐藤武先生に比べると、教育者として、今は全てが劣ってしまっているかもしれないけれど、高校生に英語を教える行為そのものは、決して不快なことではなく、なにより楽しいこととして、無意識のうちに体に染みこんでいたことなのだ、と蓉との会話の中で気づかされた。

次の夏休み明けから、広は明るくなった。

悩むより、慣れろ。恐れないで、やってみろ。失敗したら、そのときがチャンスだ。

心の底の弱気な部分を、自分で叱咤激励しながら、前向きに素直になろうと努力をし始めた。

武先生に対しても、いつも引き下がるのではなく、たとえば、

「生徒の視点から考えると、そのやり方は、ちょっと違うような気がします」

と、落ち着いて、にこやかに反論することができるようになった。

「じゃあ、広先生は、どうすれば一番良いとお考えですか？」

と、武の方でも、自分の意見をごり押しするのではなく、広の意見を求めるように変化していた。

そして、あるとき、

「副担のくせに、いつもずけずけとモノを言って、申し訳なく思っています。でも、そうやって議論し合うことで、お互いのいいところが分かって、生徒に対して、よりよいモノを提供できるような気がしています」

と言うのだった。

広は、本当にそうだ、と思った。

職員会議で声を震わせながらも広は、生徒を思いながら意見をひねり出して、発言することができるようになってきた。

たとえ、そのときは却下されても、数カ月後に何かの拍子で没になったはずの意見が生かされることがあるということを、体験として学んだ。

「この世に無駄なモノなどないのよ。親の教えと、なすびの花は、千に一つの無駄もない、という諺(ことわざ)と、少し違うけれど」

と、母さんが生前よく言っていたが、その気持ちがなんとなく分かるようになっていた。

アンティーク・ローズ

広は、休日になると、母さんの遺品の着物一式と、宮田家からいただいた着物一式をしまうための箪笥を探して、札幌市内の家具屋さん巡りをした。だが、気に入った箪笥が見つからないまま、一年以上たってしまい、あきらめていた。

ある日、インターネットで何げなく検索している途中で、イギリスのアンティーク・チェストを発見し、一目惚れした。

アロエベラを飾っている踏み台と同じ、焦げ茶色だ。

二週間たって、荷物が届いたときには、

「やったー。うれしいー。素敵ー！」

と、大声で独り言を連発している自分がいた。

広の部屋にぴったりの、焦げ茶色のチェスト。マホガニーという、高級車の内装でしか見たことがないような、つややかな木でできた、引き出しが四つの箪笥。下から引き出しを二段使って、着物と帯類をしまった。浅くできている上の二段は、日常よく使うハンカチャや靴下などの小物を入れることにした。

広は、チェストの上にぽっかりと空いた、何もない空間に、

「素敵な鏡が欲しい」

と思い立ち、再び同じ会社から、直感で選んだ五十センチ四方のアンティーク・ミラーをインターネットで追加注文した。こちらは、一週間後に届いた。

真鍮でできたゴールドの縁取りがついた重厚感のある大きな鏡を置いてみると、先に注文して使っていたチェストとぴったり合った。設置するとき、万が一ミラーが倒れた場合に、チェストの天板が傷つかないようにと、シルク・レースの敷物を敷いた。箪笥かチェストが欲しいと思ったときに、レースの敷物の方を先に見つけておいたのだ。

芸術の森へ向かう途中、札幌市の南区に、アンティーク雑貨と輸入雑貨中心の小さなお店があり、そこで売られていたオフホワイトの敷物は、アンティークではなかったが、インドネシア製のハンドメイド作品で、繊細な刺繍が施されていた。

それは、チェストにもミラーにもとてもよく似合っていた。

蓉が遊びに来て、座布団を引き寄せながら言った。

「姉ちゃんの部屋には、まだ家具が少なすぎるよね。なんか、女の部屋じゃないみたいだ

と思っていたのさ。この箪笥、かっこいいね。同じような色の、背もたれ付きの椅子があると、もっといいのにね」

広は、そう言われて赤くなり、

「その通りかも」

と答えた。

次のお休みの日から、焦げ茶色の椅子を探して、家具屋さんやインターネット通販巡りをした。椅子は座り心地の問題があるので、なるべくインターネット注文は避けたい、と思った。

物を本気で探すと、見つかるものなのだろうか。

秋口になる前に、アウトレット店で、一人がけの二脚セットでお気に入りの椅子が見つかった。その椅子の背もたれ部分には、アンティーク・ローズの花が彫られていた。座面には、白地に赤いアンティーク・ローズの五枚の花びらや緑の葉、そして、それらをつなぐ唐草模様の茎と蔓などがいくつも描かれた厚い布が鋲飾りで張られていた。座り心地も、申し分なかった。

梅の花のような、形のシンプルなアンティーク・ローズは、広が好きな花の一つで、父さんの畑に植えてほしいと思った。

イギリスでは、チューダー王朝時代、王家を真似て、貴族の間でも様々なバラの紋章が取り入れられ、大流行した。二十世紀に入って、大きな戦争がなくなり、政情が安定すると、国が豊かになったイギリスの、貴族やお金持ちの人々は、こぞって日常使う家具にもお金をかけるようになった。世界中から高級家具に合う木を取り寄せ、腕の良い職人を雇い、たとえば、硬い樫の木で椅子とテーブルのセットを作らせ、バラの花の模様を彫らせて、美意識の高い生活を優雅に楽しんだのだった。

広は、日々英語の授業を準備する中で、そういった知識を蓄えていった。

アンティーク・ミラーは、どっしりとして、かなりの重さがあった。よく見ると、壁に固定できる器具が付いていたので、広は、倒れてきたときを考えて、蓉に頼んでしっかりと壁に固定した。

チェストの上には、インドネシア製のレースの敷物を掛けたまま、真鍮製の写真立てやアンティーク風のＬＥＤライト、そして母の遺品の宝石と、学生時代からの持ち合わせのアクセサリーを置いた。インテリア雑誌を参考に、試行錯誤しながら、かっこよく飾り付けた。

小樽に出かけて、生まれて初めて、おしゃれなリング・グラスを選んだとき、洋服を買うよりも、わくわくした。亡き母のルビーの指輪が部屋の差し色の赤として、椅子の生地のアンティーク・ローズの花びらの色とともに、いっそうおしゃれにし、一気に広の部屋は、美しく居心地良い部屋へと変身した。

毎日蓉は来るのに、この頃、父さんは、広の部屋に姿を見せなくなった。どうやら、新しい恋人ができたようだ、と蓉は言った。

気がつくと、蓉は、この頃、ずいぶんスマートになってきた。

「俺、二十キロずつ減量しているよ。百キロから八十キロ。八十キロから六十キロ」

と言うので、

「へえ。どうやって六十キロになったのかしら？」

と聞くと、

「パン食べるの、止めたのさ。今はさあ、毎日のように広姉ちゃんが和食のご飯作ってくれるし。近所に、あのおいしいパン屋ができてから七年だろう。実は、麻薬中毒のように、菓子パンばっかり食べていたのさ。二十歳過ぎてからはさあ、ワインを飲みながら、ね」

と、蓉が答えた。

「グルテン・フリーダイエットっていうやつね」

広がそう言うと、蓉は付け加えた。

「知らないうちに、ね」

蓉は、パンの断食だけではなく、空手も始めていたのだが、広姉ちゃんには伝えていなかった。

数カ月前、大通公園のライラックまつりの日、仕事上の必要性から、どうしても取材しなくてはならないことがあった。仕事が一段落して一息入れていると、空手着の男と広姉ちゃんが、話し込んでいる姿を偶然目撃して、驚いたのだった。スーツに着替えて姉ちゃんとデートしている男の姿を見ると、仕事どころではなくなり、さっさと用事を片付けた。

やがて、レストランから出て、姉ちゃんと真っ昼間に別れた男の後を、さらに、さりげなく尾行した。すると、見慣れた景色の中、わが家から二キロも離れていない空手道場に入っていった。外の窓から眺めると、ちびっ子に稽古を付けているようだった。そのホテルのような立派な建物の中にそっと入ると、ホールには空手を習いたい人のためのパンフレットが置いてあったので、それに興味があるふりをして手に取った。すると、急に年配の男の人が現れた。

痩せぎすで禿げ上がった額、横に伸びた髪を後ろに束ねて、しかも鋭い目つきだったので、蓉は、まるで昔の武士のようだと感じた。空手着ではなく、全身紺色の作務衣を身に着けていた。

その人から、

「体験してみないかね。今なら、無料でみてやれるよ」

と声をかけられ、すぐに答えた。

「じゃあ、お願いします」

蓉は意外な展開に内心驚きながらも、空手をやってみたかった青年を演じることに決めた。空手着を借り受け、更衣室で着替え、道場へと入った。

ちびっ子の集団とは離れた道場の片隅で、その男の人から一対一で稽古を付けてもらった。礼の仕方から、型の基本まで、一通り、ゆっくりした動作を繰り返して丹念に学んだ。

家に戻って、シャワーを浴び、姉ちゃんの部屋に行くと、ＰＣの画面上に、昼間姉ちゃんと一緒にいた男が生徒たちと一緒に写っているのが目に入った。姉ちゃんが、学級通信を作りながら、夕食作りに取りかかっていたのだ。

「父さんが、外出中のとき、俺、ここで晩飯食っていってもいいかな？」

と聞くと、

「最初から、そのつもりよ。いつものことでしょう」

と広が答えた。

「姉ちゃん、この人、誰？　副担任なのかい？」

と聞くと、弟の顔を見ながら、広が言った。

「そうよ。私より年上だけど、新任の。ほら、ときどき、蓉に相談していたでしょ。私より年上で、私よりずっと教師に向いている人」

蓉は黙って、にやっと笑った。

蓉は、週一回くらいのペースで、空手道場に通い始めた。空手の稽古をした後に、贅肉が絞られていく感覚は久しぶりだった。師匠に、筋がいいと褒められたことで、蓉はさらに気をよくした。

蓉は、佐藤武から直接空手を習うことはなかった。武は、大人には教えていなかったからだ。しかし、土、日に同じ道場内で、同じ師匠の稽古が重なる日もあり、挨拶くらいは交わすようになった。

　二人が空手仲間の先輩と後輩として、よく話すようになるのに、そう時間はかからなかった。

ブーケ

広のリビングとダイニングが続く部屋は、優しさで満ちていた。父さんが育てた色とりどりの花をブーケにしただけなのに。

玄関先に、イギリス・アンティークの小さな丸い踏み台の上に大きな白い花瓶を置き、どさっとその花束を生けた。いつものアロエベラは、窓辺に移動した。

広は、チェストの上の壁に飾ってあるアンティーク・ミラーを覗き、にんまりした。鏡の中に見えるのは、食卓テーブルの上のおいしそうなアップルパイ。生地は既製品だが、リンゴは友人が青森から送ってくれた酸味が強い品種を、時間をかけて砂糖で煮込み、手作りしたのだ。

紅茶でも、コーヒーでもいいように、飲み物の準備も完了した。広は日本茶が好きだが、アップルパイとの相性を考えると、やっぱり紅茶かなあと思った。

そのとき、玄関のチャイムが鳴った。ドキドキしながらドアを開けると、佐藤武が、しかめっ面で立っていた。武は片手に紙袋を抱えていた。そして、すぐに、

「どうも」

と言って、広に手渡した。

「えっ。あー、ありがとうございます。いらっしゃいませ」

と、広は緊張しながら迎え入れた。

植物柄の紙袋は、札幌で老舗の菓子屋のものだった。中を開けないで、食卓テーブルに置くと、パッと華やいだ。

広の誕生祝いをしてくれる、というので、

「じゃあ、ちょうど今年二十八歳の誕生日を日曜日に祝うので、うちにいらしてください」

と言って、先週の金曜日、武を招待する約束をしていたのだ。

九月は、美しい花とおいしい食べ物であふれる季節。

広は、昼食と夕食の間の、午後四時という中途半端な時間を指定した武を、

「きっと、食事の時間を避けたのだろうな」

と思っていた。

武から、かすかに柑橘系の香りが漂っていた。広は、うっとりした。家の中を見回すこともなく、武は、ベランダから見える景色を楽しんでいるようだった。

「アップルパイを作ったのですが、コーヒーと紅茶、どちらがいいですか？」

と聞くと、

「喫茶店の店員さんみたいですね。誕生祝いをされるのは、広さんなのに」

と言って、苦笑した。

広が困ったまま立っていると、

「紅茶でお願いします」

と、やっと答えてくれた。

そこへ、チャイムが鳴り、蓉が訪ねてきた。広に挨拶するより早く、

「こんにちは。さっきは、どうも」

と、武に向かって蓉が言う。

「えっ？」

広は驚いたが、武もかなり驚いた表情をしていた。

「広姉ちゃん、パン抜きダイエットだけで、二十キロは落ちないよ。俺、三カ月前から空

手を習い始めていたんだ」

「じゃあ、武先生から習っているの？」

「そうじゃないよ。俺の師匠は、佐藤さんの師匠でもある山本さんだよ。ダイエットしようと思って、偶然、ここの近くの空手道場に体験入門してみたら、同じ道場で佐藤さんが、ちびっ子に教えていたんだよ」

武は、広と蓉の会話を聞いて、

「お二人が姉弟だということを、今初めて知りました。苗字が違うのですね」

と、苦笑いしながら言った。

蓉は、父さんと母さんが離婚した後、「高橋」という父方の姓を名乗り、広は母方の「村崎」を名乗っていたせいで、武は二人が姉弟だとはまったく気づかなかったのだ。

武を家に誘ったとき、都合がつけば家族も呼ぶからと、あらかじめ、広は話してあったのだ。若い独身の男女が、女性の家で二人きりで会うように女性の方から誘うのは、まずいだろう、と思ったからだ。

父さんは外出していて、まだ広のところに来ていなかった。簡単な置き手紙を残してきたが、熟年の恋に夢中らしい父さんは、きっと自分の家に戻っていないのかもしれない。

三人で、午後のティータイムとなった。

ほとんど、武は蓉と話していた。空手の魅力、日常的に空手がうまくなるように工夫していること、日本武道の精神など、広は二人の話の聞き手に回ったが、退屈するどころか、胸がいっぱいになっていた。

「ずっとあこがれていた願いが、今、こうして、かなっている」

広は生まれて初めて、なんとも言えない、ゆったりとした気持ちに包まれていた。

見かけによらず、佐藤武は甘いものが大好きな様子だった。切り分けたアップルパイを、片っ端からお代わりしてくれた。

「姉ちゃん、よかったねえ。こんなにうまそうに甘いものを食べてくれる男性なんて、めったにいないよ」

と蓉が言っても、武は全然気にしない様子で、アップルパイを食べていた。

そう言う蓉は、武が持ってきた手土産のお菓子に、ぱくついていたので、広は笑いが止まらない。

「甘いもの大好き男は、蓉、あなたでしょ」

と広が言っているうちに、蓉はアップルパイ一切れと、武が持ってきたお菓子の半分くらいを食べてしまった。

「そんなことないよ、と言いたいところだけど、そうなんだよねえ。だったらさあ、今度はさあ、ディナーに呼んでよ。俺と佐藤先生を、さ」

「もちろん。でも、蓉は、なんだかんだ毎日来ているじゃないの」

と答えながら、広はなんとなく、蓉が暗に武先生がうちに来やすいように言っていることに気づいていた。

「三人でなら、今日でもいいくらいですよ」

と武がさらりと言う。

やっぱり気を遣っていたのだと、お代わりの紅茶葉をポットに入れ直しながら、広は、くくっと笑ってしまった。

父さんが丹念に育てた生花のブーケから、ミックスされた良い香りが、すうっと漂ってくる。紅茶の香りがわずかにプラスされ、幸福な家庭の匂いがした。

その日、武は夕食を食べて帰っていった。蓉と武がリビングでくつろいでいる間に、広はキッチンで蓉の好物である中華風ハンバーグと豆腐サラダと卵スープを短時間で作った。

二人の男たちは、それを一気に平らげた。

三人で一緒に過ごした時間は、あっという間に過ぎていった。

広の誕生日は、乙女座と天秤座の境の日だ。一応、乙女座だが、星占いは天秤座の方が当たっていることが多い。

ブーケは、フランス語で混じり合うという意味らしい。自分の誕生日の、今日の幸福な一日は、全てが混じり合ってできた、ブーケのような一日だったなあ、今日も一日幸せでした。

あれ、これ母さんの口癖だ。

ドクダミ

広の住むマンションの、駐車場の敷地の奥に、土手が広がっていた。そこには野生のドクダミが群生していて、次々と白い花を咲かせた。

ちょっとしたやけどや傷に、ポキッと手折ったときに茎からしみ出すドクダミの汁を塗り付けると、不思議と痛みやかゆみが消えるので、「毒を出す」がなまって、ドクダミという名前が付いたという話を、ずっと前、宮田のおばあちゃんから聞いた。ちなみに、宮田のおばあちゃんは、お尻がかゆいとき、特に肛門の出っ張ったところがどうしようもなく痛がゆいときに、ドクダミの汁をワセリンと混ぜて塗ったそうだ。すると、ほんの数分で、まずかゆいのが止まり、翌日には、治ってしまうのだそうだ。

白くて美しい花なのだが、ドクダミの花には強烈な匂いがある。甘ったるくて、土臭くて、手を洗ってもなかなか取れない頑固な香りだ。

広は、高校に赴任したばかりの頃、環境の変化のためか、よく肛門科の病院にお世話になることがあった。日曜日、病院の薬が切れていたとき、物は試しとばかり、プラスチック手袋をはめて、ドクダミのお世話になることにした。それ以来、一年に一、二度、肛門が痛くなったり、かゆくなったりしたときには、病院に行かないで、ドクダミを薬代わりに使用するようになっていた。劇的に効いたからだ。

この間、蓉にその話をしたら、おおいに笑い、笑い転げて、テーブルに頭をぶつけるほどだった。

「広姉ちゃん、その話、父さんや武先輩にしてもいいかい?」

と言うので、

「いいけど、……、なんか、肛門っていうと、恥ずかしいわね」

と答えると、

「じゃあ、やめておくよ。でも、言いたい」

と叫んでいた。

広は、この頃、ストレスが減って、神経性の胃炎や痔になることがなくなってきた。外に見せたい自分と、本当の自分が一致してきたからだ。無理をしないで、日々の生活を楽しむことを心がけ、時間をかけた手作りの料理と散歩などの適度な運動、蓉や父さんとの何げない日常の会話、職場での武先生との本音のぶつかり合い。

母さんと二人暮らしのときには考えられなかったほど、温かで濃厚な人間関係があるのだ。すると、いつも一人ぽっちだった子ども時代を、懐かしく思い出すことができるようになった。それは孤独が、私を鍛えてくれたからだ、と思う。

誕生日のお祝いの翌週、職場で開封したばかりのＡ４の用紙を取ろうとしたとき、スパッと右手の人差し指の先を切ってしまった。絆創膏で応急処置をしたが、仕事が終わって家に帰ってから、ずきずき痛むので、外に出て、ドクダミを探した。

秋があっという間にやってきて、去っていこうとしていた。遠くの山々は緑が消え、うっすら茶色がかってきていた。ドクダミも花を枯らせ、茶色くて細長い実のようなものを付けていた。茎を折ると、やっぱり強烈な匂いがする。そのまま、傷口に茎からしみ出た汁を塗りつけた。そして、部屋に戻ると、プラスチック手袋をはめて、触ったものに匂いが移らないようにした。

いつものように、広の部屋に夕食を食べに来た蓉が、

「なんか、変な匂いがする。芋くさい、植物の匂いだ」

と言い当てた。

「ごめんね」

と言って、事情を説明すると、ゲラゲラ笑って、

「あのさあ、正直言うと、肛門じゃなくてよかったよ」

と言うので、広もつられて笑った。笑いながら、

「ドクダミは、花を枯らせた後も、ちゃんと効いている」

と思った。もう右手の人差し指の先は、ちっとも痛くないのだった。

小梅

畑にとんぼが飛び始め、あっという間に夕暮れから、夜に変わってしまう季節。

父さんの畑では、五年くらい前に畑の境目に植えたという小梅の木に、初めて黄色がかった直径一センチほどの実がなった。

休みの日、父さんに頼まれて、蓉と二人で、その小さな梅を摘み取ることにした。父さんは、相変わらず恋に夢中の様子で、広と蓉に用事を頼んでは外出ばかりしていた。

蓉と二人で畑に行ってみると、数本の木に黄色い実が百個以上も付いていた。脚立をずらしながら蓉が高いところに登り、広は低いところにある実を夢中で摘み取った。

小一時間もすると、大きなカゴいっぱいになった。野鳥につつかれて、皮が変色している実は枝に残しながら、なるべくきれいな実を取った。

重いカゴを蓉に運んでもらい、部屋に戻ると広は、「梅ジュースが飲みたい」という蓉のリクエストに応えて、小梅を水道水でよく洗い、鍋に入れ、弱火にかけながら水とお砂糖と蜂蜜を少しずつ入れていった。小梅に水分が浸るくらいで、いったん材料を入れるのを止め、沸騰しかけるのを待つ。蓉の意見も聞いて、そしてまた材料を足していく。それを数回繰り返し、最後に火を止める直前、ペクチン代わりに檸檬の皮をすり下ろしたのを、少量鍋に入れた。すると、部屋中にいい香りが立ちこめた。

味見担当の蓉が、

「オッケー。こんなに適当なのに、びっくりするくらいおいしいよ」

と言うので、広は思わず吹き出した。

氷と炭酸水と焼酎で割りながら、蓉は梅ジュースを何回もお代わりした。

広は、炭酸水だけで割り、ちょっと薄めの味を楽しんだ。

「そういえばさあ、武先輩ってさあ、空手の試合前や大事な用事の前は、柑橘系の果物と蜂蜜だけ食べるんだとさ」

と、蓉がぽつんと広に話しかけた。

「なぜ？」

広がドキドキしながら聞くと、

「減量で体重が軽くなっても、おなかの調子が狂わないで、試合当日、力が出るんだってさ」

と教えてくれた。蓉は、さらに付け加えた。

「梅もよく食べるんだって。梅干しはもちろん、梅ジュース最高、って言っていたよ」

「へえ」

広は歓迎会のとき、武の体からフリージアによく似た蜜柑の香りがしたことを思い出していた。すると、まるで広の心の中を読んだように、蓉が言った。

「武先輩は、蜜柑が大好きでさ、蜂蜜をかけて、一口一口、百回くらいかみ砕きながら、皮ごと種ごと食べているんだとさ。試合した後、なんか蜜柑を薄めたようないい香りがするんだよ。きっと、成分が汗から蒸発するとかさあ、皮膚に滲み出るみたいだね。一瞬だけどさ。緊張していないときは、あんまりいい香りがしないのさ」

蓉のおかげで、広は、ずっと抱えてきた謎が解けた。

「空手の試合前の緊張と同じくらい、職場の歓迎会で緊張していたのかしら」

と思うと、意外とデリケートな武の性格を垣間見たような気がした。

月曜日の休憩時間、蓉と梅ジュースを作った話をすると、武は、

「自分も、梅ジュース、飲みたいです」

と真顔で何度も言う。

「じゃあ、今夜にでも、うちにいらっしゃってください。蓉が飲んでしまわないうちに」

広は苦笑しながら誘った。

「あれから二週間しかたってないけれど、続けてお伺いしていいのですか?」

武が辺りをはばかるように、小声で聞いてきた。

「どうぞ。弟とお待ちしております」

と言うと、武先生は、何度もうなずきながら、唇の両端を上げて、いたずら好きな子どもみたいに、にこっと笑った。

その夜、蓉は、広の部屋に父さんを連れてきた。間もなく武先生も到着した。父さんと武先生とは初対面だったが、いろいろなエピソードを、それぞれ広と蓉から聞かされていたので、ずっと前からの知り合いのように、すぐに馴染んだ。

四人で囲むにぎやかな食卓は、物心ついてからの広にとって、初めてのことだった。

「なんだか、本当に、うれしくなっちゃう」

と思いながら、梅ジュースをメインに、それに合うお料理を七品ほど作って待っていた。

生春巻き、ちらし寿司、野菜餃子、レンコン・ラーメンサラダ、なすの揚げ物、レタスとオクラの漬けもの、それにザンギ。前もって、男たちから聞いておいたオーダーだ。

どのお料理も大皿に、どんと盛り付けたのに、三十分もすると、ほとんど空っぽになってしまった。

それで、広は、また台所に立ち、追加の料理を作ることにした。

広は、夜遅く帰ってくる母さんのために、中学生のときから夕飯の支度をしてきたので、簡単な料理はどんなときでも、なんの苦もなくできた。

焼きおにぎり、卵サンドイッチ、にんじん・チーズ揚げなど、おなかに、どんとくる品々を作り、

「これで大丈夫でしょう」

と思っていたら、それらもあっけなく、男たちの口から胃袋に次々と消えていった。

「梅ってさあ、消化を助けるみたいだね。全然おなかに溜まらないね」

と蓉が言うので、なるほど、と思った。

広が作った料理をほぼ平らげ、梅ジュースの焼酎・炭酸割りを全部飲み干した男三人は、すっかりできあがり、気分良く帰っていった。

酔っぱらって片付けを手伝おうとする男三人を、やっとの思いで部屋から追い出し、広

は、うきうきしながらお皿洗いに挑戦していた。ふだんはめったに使わない、出番の少なかったパーティー用の大皿を丁寧に洗うと、前よりいっそう愛着がわいてきた。

「一人じゃないって、素敵なことね」

父さんがしょっちゅうBGMで流している、昔の流行歌の一節がよみがえる。

広は、梅の残り香に包まれながら、ワイン・グラスも細心の注意を払って洗い、すすぎ、柔らかい麻布で優しく磨き上げた。

広の物語　スピンオフ

小手毬

広はさっき梅ジュースにちょっとだけ焼酎を足して飲んでいた。すると、数カ月前の記憶がベッドに入ってから鮮やかによみがえってくるのだった。

薄暗がりの中、広は住宅街を歩いていた。五月から六月にかけて、梅雨のない、からっとした、北国ならではの季節が続いていた。

「もうすぐ、自分の家(うち)だ」

と思うと、広はちっとも怖くなかったが、後ろから誰かの足音が聞こえてくるので、なんとなく振り向いたのだった。

足音の主は、もう若くはなさそうな、三十代後半か四十代くらいの中年女性だったので、ほっとした。その女性は、暗闇に紛れそうな紺色の春コートを、白っぽいワンピースの上にはおり、かかとの低い黒い靴を履いていた。街灯の薄暗がりの中でも分かるような、キャメル色に近いストッキングを穿いていたので、きれいな足をしているのが、くっきりと見えた。首から、あごにかけて巻いたスカーフのせいで、顔はよく見えなかった。広が、若くないだろうと判断したのは、その姿勢のせいだ。少し、背中を丸めて、両手をもみながら、寒そうにして歩いていたのだ。二十代の広は、そのとき全然寒くなかったので、

「なぜなのかしら」

と不思議に思った。

女の人は、足早にぐんぐんと近づき、あっという間に追い抜いていった。

ゆっくり歩いていくと、ほのかに満開の花の香りがした。間もなく、小手毬が見事に咲いている家が見えてきた。男の人が立っていたようだが、花の陰になっていて、顔はよく見えなかった。薄暗い玄関灯に照らし出されるシルエットで、ようやく若い男性であることが分かった。

その男の人の、ワイシャツの襟の白と、コットンセーターらしき背中のワイン色が、かすかに動いているようなので、目で追いながら近づくことになった。

広は、一瞬ぽかんとしてしまった。

男の人は、小手毬の向こうで、さっき広を追い抜いていった女の人をきつく抱きしめていたのである。

広は、ドキドキしながら目を伏せて、そっとその場から離れた。どこをどう歩いて自分のマンションに戻ったのか覚えていないくらいに、動揺していた。

「あー、びっくりした。本物のラブシーンを初めて見た」

と、部屋の中で叫んでいた。

若い男の人の顔に、見覚えがあった。同僚の呉先生に違いない。呉先生は、広よりも年下のはずで、もう高校生くらいのときから好きな年上の女性がいる、という話をしてくれたことがあった。どうして結婚しないのか聞くと、相手の女性が、先に自分ではない男性と結婚してしまったから、と話していたのを思い出す。

今は、同じ人との二度目の恋で、相手の離婚待ち、とも言っていた。

広は、考え込んでしまった。

小手毬の花言葉は、四つあるという。優雅、上品、友情、そして努力。年上の女性を待ち続ける呉先生は、努力家という言葉がぴったりだ。でも、同僚に対して、いつも言葉を選ばない辛辣な批判をするので、呉先生は職場のみんなから好かれていなかった。

一方で、呉先生は、生徒からは大人気だった。なぜなら、いつでも高校生が興味ありそうなニュースなどをもとに教材研究をしながら、大学院で学びつつ、教育方法として最先端の内容を取り入れていたからだ。とにかく、盛りだくさんの内容を分かりやすく教えていた。メインの英語ばかりではなく、どの教科・科目にも精通していた。英語を教えながら、時にはその国の歴史を、時には気候や風土を、時には芸能ニュースを教えてくれる先生でもあった。授業を見せてもらうだけでも、広にとって刺激になった。

むせかえるような小手毬の甘い香りと、二人のシルエットが、繰り返し頭に浮かんでは消え、その夜、広はなかなか眠れなかった。

同じ人との二度目の恋。呉先生の言葉が、ぐるぐる頭の中を回り始めるのだった。もう若い頃のように、きれいではなくなった女性を、もう一度恋することができるなんて、きっと、お相手の女性は、よほど内面的に素敵な何かがあるか、呉先生にとって、かけがえのない何かがあったのだろう、と広は思う。

広は、その女性のご主人のことを思っていた。すんなり離婚しないということは、まだ、女性に対する愛の感情が残っているからなのだ。

恋愛は、誰の立場で考えるかで、まったく別な形になるのだ、と広は思った。広は、呉先生と彼女との恋愛が、これから先、すんなりハッピーエンドとはいかないであろう、切ない恋の形であることを予感していた。

頭が冴えて眠れなくなった広が再び起き出して部屋の中を片付け、整え始めていると、玄関チャイムが鳴り響いた。

「誰か、忘れ物でもしたのかしら?」

と思い、ドアを開けると、見知らぬ女性が立っていた。

「あの、私、渡辺香と申しますが、こちらに、高橋健二さんがいらっしゃっているとお聞きして、お伺いしました」

と、自分の名前を名乗り、父さんのフルネームを言った。

「あの、父は先ほど帰ったのですが」

と言うと、残念そうに、

「そうですか。そちらがお留守のようでしたので、こちらにお伺いしたのですが」

と言うので、

「ご伝言があれば、お伝えしますが」

とっさに広が言うと、

「いいえ。また来ます。お心遣い、本当にありがとうございます」

と、寂しげな表情を浮かべながら、そっとドアを閉め、渡辺さんは帰っていった。

広は、彼女の表情を、ずっと前どこかで見たことがある、と思った。

父さんを独占したくて、それができないことに苛立ち、いっそのことと、別れを自分の方から切り出してしまう女性の、寂しげな表情。母さんと渡辺香さんは、まるでそっくり。自分から別れを告げておいて、後戻りできないようにして、ずっと恋い慕い続けるのかもしれない。その夜、渡辺さんのことが気になりながらも、広は、どうすることもできないでいた。

ひまわり

土日の休日が巡ってきたときには、広は何度か、昔父さんと母さんが出会ったという札幌市厚別区にある川沿いの公園に一人で出かけた。ゆっくり歩くと、片道一時間以上もかかった。

梅ジュースパーティーの翌日、南郷通の突き当たりの奥の奥にある、その遊歩道へと広は祈るような気持ちで足を運んでいた。

その日は、ほとんど人影もなく、ひっそりとしていた。もうすぐ冬になりそうな秋の終わりに、野生の草花が精一杯葉を伸ばし、花を咲かせ、実を付けていた。小鳥がすっと飛んできて、赤い実をくわえて、またどこかへ飛んでいった。

思った通り、ルピナスの群生地に花の姿はなく、中に種が入っている茶色い房が無数に茎の先にあった。自然と、はじけて割れている房もたくさんあった。

そして、その向こうに、渡辺さんの姿が見え隠れしていた。

「やっぱり、いた」

広は独り言をつぶやき、渡辺さんに近づいていった。公園の入り口にある駐車場に止まっていた青い車に見覚えがあった。昨夜、父さんを訪ねてきたときの、マンションの来客スペースにあったのと同じ車だったからだ。

「あの、お話ししてもいいですか?」

と声をかけると、渡辺さんは驚いたように振り向いた。広が近づいていたことに、まったく気づいていない様子だった。きっと、物思いにふけっていたのだろう。広は、かまわず続けた。

「昨日、父を訪ねていらっしゃったとき、お話しできればよかったのですが。渡辺さん、あなたは母とよく似ているのです。姿形ではなくて、思考とか、行動が、よく似ているのです。でも、もちろん、あなたは、あなたです」

と、一気に言った後、しばらく言葉が口を突いて出てこなくなってしまった。

渡辺さんは、広の目を見ながら、ゆっくり口を開いた。

「それで?」

と、話の続きを促した。

広は、心臓がドキドキし始め、その先、何をどうやって言葉を紡いで伝えたのか、自分でも覚えていないくらい緊張していた。でも、伝えたいことはちゃんと言えた、という満足感が残った。

渡辺さんは、微笑みながら答えた。

「つまり、あなたのお父様に、私から別れを言ってはいけない、ということですね。愛情があるなら、ついて行きなさいと言いたいのですね」

渡辺さんは、広が長い時間をかけて話したことをまとめてくれた。

広は、うん、うんと、うなずいた。母の二の舞をしてほしくない、と思う気持ち。父さんには、渡辺さんが必要だ、という気持ち。いずれ、蓉も自分も、父さんから巣立っていくのだから、父さんには、父さんの人生を歩いてほしい、という気持ち。

「花でたとえるなら、ひまわりを照らす太陽のように、いつも父を見てやってほしいのです。父は、ひまわりのように人を明るい気持ちにさせる人です。あなたは、お日様みたいな人です。父には、見守ってくれる人が必要なのです、きっと」

と、そう言ってしまってから、自分はいつの間にか父さんを許していたのだなあ、再び一緒に暮らし始めた最初から愛していたのだなあ、と気づいた。

渡辺さんは、柔らかい表情をしていた。よく見ると、切れ長の大きな目をした、純日本風の顔立ちの、美しい人だった。たとえていうなら、おひな様というよりも、おひな様の近くに寄り添う三人官女のような顔立ちだった。身に着けている服も自然の色が多く、街並みや公園に溶け込んでいた。少し前に流行(はや)ったアーリー・アメリカン調のデザインを採り入れた白い襟なしブラウスと、ネイビーブルーの学生のようなアイビージャケットと、ベージュ色のふくらはぎくらいの丈のタイトスカートに、肩までのふんわりした髪型が、よく似合っていた。見たところ、父さんより十歳以上は若そうだ。

最近、父さんの頭頂部には、「十円はげ」ができていた。年のせいばかりではなく、仕事とプライベートでの、両サイドのストレスが原因の一つらしかったのだ。

父さんは、ずっと民間会社の、ある化学研究所に勤務していて、特殊な水質調査を担当してきたので、割合暇だったのが、去年、地質調査などを行う部署に変わってからは忙しくなった。特に大地震の後、あちらこちらで地割れや、水道水が濁る現象が起きてしまい、技術と資格を持った研究所員が引っ張りだこになってしまった。

給料は、前とほとんど同じ。でも、ものすごく忙しくて、そうそう畑仕事も、デートもできない休日出勤増。ダブルパンチでやられたと、この間、父さん本人が冗談めかして愚痴っていた。

そのことを、ふと思い出したので、渡辺さんに聞いてみた。

「あの、父のストレスについて、頭の髪の毛のこととか、何か聞いていますか？」

するとクスクス笑いながら教えてくれた。

「娘と息子がいるが、よくできたやつらで、ダメ親父の自分のことを放っておいてくれるので助かる。俺は、老いの身支度をしなくちゃならない。この先、年老いてから一人で暮らすのは、きつい。……そうおっしゃっていました。仕事が一番きつい、と付け加えていましたが」

渡辺さんの話を聞きながら、父さんが、ずいぶんこの女性に気を許していたのだ、ということを悟った。

人間は、失敗しても失敗しても、懲りずに同じことを繰り返す生き物なのだろう。失敗の先に希望があれば、それが苦しくても生きようという思いの種になるのなら、それでもいいのだろう。

渡辺さんは、日常の父のあれこれを、面白おかしく広に聞かせてくれたのだった。

広は、今日ここまで歩いてきて、渡辺さんと会えたことが、奇跡のように思えてきた。さっきまで、必ず会えると信じていたのだが、会えた後から、不思議な気持ちに包まれていったのだった。

渡辺さんとの、たわいのない会話を楽しみながら、広は別の景色を感じていた。枯れ草が目立ち始めた野原に、一斉に咲き誇るひまわりの花々。そうだ、ひまわり畑。渡辺さんと話すと心が明るくなり、ひまわり畑で遊び回った子どものときに戻れるような気がしてくるのだった。

忘れな草

梅ジュースパーティーの数日後、蓉が真っ青な顔で広の部屋を訪れた。

「どうしたの?」

と聞くと、

「おれ、おれ、……」

と言って、崩れるように二人がけのソファに座った。

蓉は、あの日男三人で二次会に出かけた。近所の焼き鳥屋だった。

それで、焼酎を飲みながら話すうちに、自分が何者かを知った、というのだ。

「俺、人工授精でできたんだって。試験管ベイビーなんだって!」

母さんは、広を授かった後、夫の精子の働きが良くないので、もう子どもは無理かもしれない、と言われたそうだ。

母さんは、父さんをだました。友人の、そのまた友人の、ゲイの男性から精子をもらい、受胎して蓉を産んだ、と母さんが言ったというのだ。最初は、父さんに隠していたそうだ。

蓉は、ぐっ、ぐっと低い声で泣きながら広に伝えた。

父さんの浮気を知った母さんは、そのことを父さんに告白したそうだ。そして離婚を迫ったので、父さんは受け入れるしかなかった、という。

でも、父さんは、再婚しなかった。蓉が赤ちゃんのときには、相手の女性が母親代わりになってくれたが、すぐに他の女性とも付き合ってしまう父さんに愛想をつかして、長続きしなかったのだという。

お酒に酔っぱらった父さんが、つい口を滑らせて言ってしまったのか、蓉に、もう知らせる時期だと判断したのか。

戸籍上は、父さんと母さんの実子になっていたので、蓉はそのまま信じていたのだ。

父さんと、血がつながっていなかったことを初めて知った、と言う。

広は、ゆっくりゆっくり、優しく蓉の背中を撫でながら、一緒に泣いた。

母さんは、蓉の本当の父を愛しようもなかったのだ。

「ねえ、蓉。母さんは、ずっと蓉に心の中で謝りながら生きていたと思うよ。立派に育ててくれた父さんに感謝しながら、心の中で泣きながら。だって、自分の血を分けた息子が可愛くないわけないもの。蓉と離れてしまった分、ナイーブで気むずかしい娘を、精一杯育てたのかもしれないよ。母さんにとって、自分と鏡のようによく似たところがある娘の私の方が、よっぽど扱いにくかったはず。そう思うとね、父さんと母さんは、交換したんだよ。本当は、母さんは蓉を育てたかったのだろうし、父さんは、私を育てたかったのだと思う。でも、愛情は、憎しみと紙一重だから、ね。交換したんだよ」

広と蓉は、しばらくの間、声をあげて泣き、泣き疲れた後は、二人で肩を寄せ合いながら、ぼんやりとしていた。

この前、広が自分の誕生日のお祝いに自分で買った二人がけのソファは、セティといって、座面が布張りで、肘掛けが木製の、デザインが特別おしゃれなアンティーク・ソファだ。

こうして、蓉と並んで座り、悲しいときに慰め合えればいいな、と思って買ったのだが、こんなに早く、その役目を果たすときが来るとは。

リビングには、小さな音量で、昔の歌が流れていた。

「忘れな草をあなたに」という歌だった。

別れの歌だが、歌には希望があった。

まるで、父さんと母さんのためにあるような歌だ、と思いながら、広はじっと耳を澄ませた。忘れな草の可憐な青い花びらを思い浮かべながら、広は、無意識に蓉の肩や背中を何度も何度も撫でていた。

忘れな草の花言葉は、「私を忘れないで」だ。花の名前と花言葉が同じなので、誰でも知っている。

その青い花にまつわるドイツの悲しい伝説が、英語のテキストにあったのを、ふっと広は思い出していた。

後日、蓉は、遺伝子検査を受けた。父さんとの親子鑑定のために。

自分が何者か、はっきりさせるために。

父さんの頬の内側の粘膜を綿棒で一かき分、拝借した。自分も同じことをしたそうだ。

数カ月後、驚くべき結果が出た。

父さんと蓉が、親子である確率は、九九・九パーセントだったのだ。

母さんは、父さんをだましたのだろうか。自分から離れていけるように。父さんを別の女性と再婚させるために。

試験管ベイビーの話は、本当だったのか、嘘だったのか、今となっては、死んだ母さんしか真実を知らないのだった。

父さんは、たいして驚かなかった。

「やっぱり、な。蓉を育てながら、あれ、俺に似ているなあ、とずっと思ってきたのさ」

と言っただけだった。


「忘れな草」の歌が、静かに父さんの家の中を流れていた。

中世ドイツで生まれた悲しい伝説。

若き騎士ルドルフが、岸辺に咲く美しい花を、恋人ベルタのために摘み取ろうとして、誤って足を滑らせ、川の急流の中に飲み込まれそうになりながら、最後の力を振り絞って、その青く美しい花を岸辺に放り投げて、「私を忘れないで」と言った後、とうとう流されてしまった。ベルタは、死んでしまった恋人のお墓に、その花を飾り、花には「忘れな草」という名前が付いたという伝説。

別れても、思い続ける恋人たち。生と死さえ超えた伝説。

その歌を聴きながら、父さんも自分も蓉も、伝説通りの悲しい恋にならないように、広はひたすら祈っていた。

千日紅

九月二十二日。誕生花は、千日紅。

広の誕生日の花。

この間、広は、武に「結婚してください」とプロポーズされた。

「はい」と即答してしまったが、本当に、それでよかったのか。

それから二カ月もしないうちに、結婚式を挙げることに決まった。

マリッジブルーというわけではないけれど、気分がどんよりと重くなる日々に戸惑うばかりだった。

広の視線は、いつともなく部屋の中をぐるぐると回り出す。

母さんの遺骨が入った銀色の箱。それを置いた白いテーブル。そして、すぐそばに飾ってある、赤や薄紫色のぼんぼりのような形の千日紅。

千日紅を眺めるだけで、涙が出そうになる。

花言葉は、永遠の愛。

結婚式によく使われる花だ。

父さんの畑に咲いた花々を、この部屋の白いテーブルの上に飾ってきたが、千日紅は、お花屋さんで買った。なぜか、千日紅は、父さんの畑では育たなかった。

花言葉は、永遠の愛。不朽の愛。

広は、その意味をかみしめる。

偶然、武と結婚式を挙げる日は、「いい夫婦の日」と重なっているそうだ。

宇宙の果てに、命の意味が説き明かされる場所があるのか。

この幸せは、一瞬のものなのか。

広は、誰かと家族になる、ということに漠然とした不安や恐怖を感じていた。父さんや母さんのように、家族を巻き込んで不幸にしてしまわないか、と。でも、よく考えると、今、自分も蓉も決して不幸ではなく、幸せだ。そう思うと、杞憂だと思い直す。

日々の幸せは、自分の中にあり、誰でも見つけ出すことができるもの。

不幸だと思うときがあったからこそ、その先に幸せを感じることができる。

先に逝ってしまった親友のフミネちゃんやともよちゃん。二人とも、若くしてもうこの世にいなくなってしまったけれど、きっと私が幸せであることを、そして幸せになることを、天国から祝福してくれていると感じる。そして、きっと彼女たちは、この星のどこかで生まれ変わり、幸せになるのだ。

人は、幸せになるために、生まれてくるもの。

千日紅は、決してあでやかではないが、ずっと、長く咲き続ける。一つの花が終わっても、次から次へと咲き続ける。永遠の愛。あやかりたいな。

広は、千日紅を見つめながら、結婚後の倦怠期、中年期、熟年期、老後、そして死を思いやる。

人にとって簡単なことは、自分にとってむずかしい。自分にとって簡単なことは、人にとってむずかしい。人生を先読みすることは、決して幸せを呼び寄せることとは、つながらないのかもしれない。

(千日とは、三年弱。長いような短いような日数。なぜ、千年紅とか万年紅とか、億年紅とか呼ばれないのだろう?)

(永遠の愛など存在しないのかもしれないけど、生と死を繰り返しながら、何億年も愛が続くのかもしれない。永遠の愛は存在する。そう思って生きていこう)

広は、薄紫の小さな楕円形のぼんぼりを、じっと見つめながら思うのだった。

かすみ草

ドアの隙間から吹き込む初冬の肌寒さが、広の上気した頬にちょうどいい。

今日は、二組の合同結婚式。広と佐藤武、そして父さんとその恋人の。

「あー、嫌になっちゃうよ。俺だけ独身。早く嫁さん、欲しくなった」

と、しきりに蓉がぼやく。それを聞いて、家族と親戚一同、みんな笑っている。

見ず知らずの人も振り返る。蓉は、空手を習い始めてから、精神修養と肉体改造に目覚め、誰から見ても美しかった。そして、芸能人のように華がある男になっていた。

挙式と披露宴直前、新婦控室の大きな鏡の前で、すでに真っ白なウエディング・ドレスを着せてもらい、ヘアメイクもお化粧も終わった。赤い口紅がはげないように、昼食のサンドイッチも、口臭予防ガムも弟に口に入れてもらった広は、背もたれがおしゃれで優雅な、ふかふかの椅子に座りながら、

「すぐに見つかるわよ。蓉なら、きっと」

と言った。

蓉は、何も言わず、広をまぶしそうに見つめていた。

＊

蓉は、母親や姉と離れて暮らしていたとき、ずっとこの姉にあこがれてきた。まだ小学生の頃、広姉ちゃんが、公園で自分の名前を呼びながら泣いているところを初めて見たときは、どうしていいか分からず、「僕だよ、蓉だよ」と走り出したい衝動にとらわれた。でも、できなかった。父さんが、がっちり後ろから蓉を抱き止めていたから。父さんは、野球帽を深くかぶって、蓉が振り返っても表情が見えないようにしていたが、体が震えているのが分かった。しゃっくりするのも、ごっくんごっくんと涙を飲み込むのも、全部伝わってきた。

「父さん、泣いている？」

蓉は、空に浮かぶ「鯉のぼり」を見ながら、広姉ちゃんのところへと走り出したいのを一生懸命我慢した。公園の近くの家の「鯉のぼり」はやけにでっかくて、五月五日のあの日の象徴みたいに、何度も何度も蓉の記憶から浮かび上がってくるのだった。蓉は、一瞬で広姉ちゃんのことが好きになった。

いつか、ちゃんと名乗り合いたい、母さんと広姉ちゃんと父さんと自分で、ちゃんと向き合いたい。

ずっと、そう願っていたが、母さんの死によって半分だけ願いがかなった。

母さんには、とうとう正式には会えなかった。イエローアイリスで埋め尽くされた棺の中の目を閉じた顔に向かって、心の中で「やっと会えたね、母さん」と語りかけたっけ。

広姉ちゃんは、自分たちのマンションの同じ階に引っ越してきたから、ほとんど一緒に暮らしているみたいだ。広姉ちゃんの部屋に行くと、母さんの遺骨の入った、銀色の布で包まれた箱が、白いテーブルの上に飾ってある。不思議な気がする。もとから、そこにあったみたいだと思う。

蓉は、ふっと、無意識に封印していた記憶がよみがえってきた。自分の奥深く沈めたはずの心の目で、今、静かにそれを見つめていた。

自分は何者か。自分は、なぜ生まれてきたのか。自分は、生まれてこない方がよかったのか。自分は、生きている価値があるのか。

蓉は自分自身を消し去りたくて、何度も自殺を考えていた。時には、考えただけではなく、実行しようとした。

公園で、「蓉、会いたいよ」と、泣きながら何度もつぶやいていた広姉ちゃん。体中が震えた。血のつながった姉が、一人寂しい思いをしながら、自分に会いたがっている、という事実を知った。俺の自殺願望は、それで吹っ飛んだのだ。死なないでいてよかった。それは、広姉ちゃんに会いたい、という願いがかなったから、という理由ばかりではない気がする。

広姉ちゃんのウエディング・ドレス姿は、「きれい」というより「可憐」だな。ぎゅって、抱きしめたくなるよ。

俺のあこがれの姉ちゃん。そして、あこがれの女性。恋しても、恋しても、かなわない恋。誰にも言えない思慕の情だよ。これまでも、これからも。

武先輩に引き渡すなら、「まあ、仕方ないか」

父さんは、最初のうち、俺よりボロボロになって、何やら引きずっていたようだけれど、渡辺香さんと巡り会ってから、納得できたらしい。

蓉は、心の中で、いろいろ考えていた。

あこがれの、まぶしい姉の姿を、今、心に刻み付けておこうと必死になりながら。

広姉ちゃんは、花にたとえると、かすみ草だな。そこにあるだけで、部屋がすがすがしくなって華やぐし、どんな花にも、そっと寄り添えるし、それ自体が可憐だし。

俺、姉ちゃんみたいな優しい女性、見つけるよ、きっと。

ずっと背中を撫でてくれる優しい手を持つ女性を、俺はきっと探し当てるよ。


もうすぐ、チャペルで式が始まる。父さんが花婿になってしまったため、広姉ちゃんの介添え役は、父さんではなく、俺が務めることになっている。広姉ちゃんと腕を組み、一歩一歩、「右足前、左足そろえて」と決められた通りに歩きながら赤い絨毯の上を進み、この腕から、武先輩の腕に引き渡すのだ。なんだか、とても照れくさいけれど、それが一番いいような気がする。貸衣装のモーニング姿が、こそばゆく感じるな。燕尾服とは、よく言ったものだ。鏡に映る後ろ姿は、まさに燕の尾羽を大きくした感じだな。

後に続く香さんのお父上が他界されているため、香さんの入場はシンプルにするそうだ。賛美歌で祝った後は、すぐに二組並んでの誓いの言葉と、指輪の交換のはずだから、それもいいだろう。

ライスシャワー用のお米もたくさん用意した。挙式が終わったら、チャペルの出口で祝福の意味を込めて、みんなでたくさん披露宴に向かう新郎新婦に振りかける。品種改良された、とげのない赤やクリーム色のバラと、八重のかすみ草の花束も、二つ用意した。花嫁のブーケとして、本当は広姉ちゃんの名前の由来になったフリージアをメインにしたかったけれど、春から夏の初めに咲く花なので、断念した。かすみ草とバラの花は、年中、様々な品種が出回っているので花束にできた。

二つのブーケは、秋晴れの中、ホテルでの披露宴の前に、大空に舞うことだろう。

「あわよくば、一個は俺がキャッチして、運命の女性との出会いを演出したいな」

三年前、広姉ちゃんは、友人の結婚式で花嫁のブーケをキャッチしてから、半年たつか、たたないうちに、武先輩に出会ったというのだから、まんざら迷信でもないのだろうな。

蓉は、(広姉ちゃんが結婚しても、あの部屋に武先輩が増えるだけだし、父さんの新婚生活を考えると、香さんに自分の分まで作らせるのは気が引けるし。やっぱり晩飯は、ときどき広姉ちゃんのところにしよう)と決めていた。二人とも、もちろん大賛成だ。

広姉ちゃんは、一食ワンコイン(五百円)でいいよと言っているが、きっと、実際そのときになったら、お金なんか受け取らないだろうな。

そのうち、俺は近所に引っ越そう、独立しよう。結構お金は貯めた。特に、欲しいものもなくて、居候しながら暮らしてきたし。給料があまり減らないで普通預金通帳に、そのままになっているし。父さんは、決して息子からお金を受け取らなかったし。生活費は、ほぼ父さんの財布から出ていた。

そんなにおしゃれでもなく、旅行もせず、好きな趣味もなく、最近やっと空手に通うようになっただけ。俺の喜びは、広姉ちゃんに会うことだった。姉ちゃんと同じ階に住むようになってからは、姉ちゃんの手料理を食べるのが、なによりの楽しみになった。そんなことは、父さんにも誰にも話さない。いつも、広姉ちゃんのところには、ついでの用事で来たようなそぶりを続けていくよ。姉と会うのが一番楽しみな弟なんて、端(はた)から見たら、気持ち悪いに違いないし。広姉ちゃんは、俺と心で通じているよね。いつも優しく迎えてくれるよね。

武先輩となら、きっと、何があろうとも、二人で話し合って、広姉ちゃんは幸せに生きていくのだろうな。

*

空を見上げると、星が一つ、輝いているわ。こうして、昼間の空からでも見える星の輝きがあるかと思えば、地球に届くか、届かない光を放ち、夜空に遠く輝くきら星もあるのね。

さあ、新しい人生に向かってこの扉を押そう。武さんと二人でなら、きっと大丈夫。母さん、きっと空から見ていてくれるよね。この瞬間、このときを。隣の父さん、泣いている。さっきから、ずっと泣いている。香さんが優しく微笑んでいる。

蓉が用意しておいてくれたこの花束を、空に向かって投げ上げるときが、近づいてきたわ。蓉、きっといい人、見つかるよ。

本当に、ありがとう。いち、にの、さん。

ミモザ

真冬の「百合が原公園」。ほとんど雪の中。

北海道の二月は、厳寒期。

外の景色が雪で真っ白な中、大きな温室の中で、シンボル・ツリーのミモザの木は数え切れないほどたくさんの黄色い花を咲かせていた。

オーストラリア原産のミモザが、北海道の真冬に満開の時季を迎えている。

まるで、巨人の国の女神様のケープのように。光の当たり具合によっては、黄色というよりも金色。人間の背丈の何倍もあろうかと錯覚させるほど大きく見える木が、無数にまばゆく輝く花をつけている。

その立ち姿は、圧巻、としか言いようがない。

広が武と結婚して、三カ月が過ぎようとしていた。休日、二人で訪れた「百合が原公園」。婚約中、秋、遊歩道をローラースケートで一緒に滑ったり、転んだりした、思い出の場所だ。その頃と、あまりに景色が違うので、二人は驚いた。

広の顔は、ふっくらとして表情も和らいでいた。今年の暮れには、男の赤ちゃんが誕生しているだろう。

「ミモザの花言葉は、告白。そして、秘密の恋」

ぽつりと、広がつぶやくと、

「へえ」

と、夫が返事をした。

ミモザからは、ほのかな芳香が流れてきた。

広は思い出した。死んだ母さんの、お化粧道具を入れた四角いケース。

「この匂い、どこかで嗅いだことがある」

その蓋を開けるたびに、ふわーんと、いい香りがした。

広は、夫と並んでミモザを見つめながら、話し始めた。

「私の亡くなった親友はね、フミネちゃんていう名前だったの。『ふみ』は平仮名で、『ね』は子どもの子っていう漢字。私と一緒で珍しい名前だから、仲良くなったの。でもね、小学校を卒業して、お互いの学校が変わってから、五年くらいたって死んじゃったの。私、ずっと後悔していた。もっと、何かできたのじゃないかって。死を止めてあげることができたのじゃないかって。その二年前に脳腫瘍で友達を亡くしていたけど、自分のせいで死んだわけじゃなかったから、真っ暗な気持ちにはならなかったの。まだ、中学生だったしね。高校二年のとき、フミネちゃんが自殺したって聞いてから、重たい荷物をずっと抱えて、真っ暗闇を生きてきたような気がしていた。でもね、自分のおなかの中に赤ちゃんができて分かったの」

広がいったん話を切ったところで、武が話し始めた。

「親友を、十代で、たった二年の間に、二人も亡くすなんて、本当に大変だったね。でも、ちょっと待ってくれ。俺も、同じような経験したからね。俺の話も聞いてくれ。俺の親友は、幼なじみで曲木鉄也って言うんだ。俺が高校生のとき、いじめを苦にして飛び降り自殺をしたんだ。いじめなんていう生やさしいものじゃなかったと思う。出血して内臓が破裂しそうなくらい、かなり傷ついていたらしいからね。じわじわじわじわ、痛い思いを味わって、そのあげく、きっと絶望して死んだのさ。でもね、俺、小学生のとき、テツをいじめていたんだ。からかったり、命令して、いやなことをさせたり。でも、かばってもやったのさ。テツが死ぬ何日か前の日、俺の家にふらっと遊びに来たんだ。でも、取り込んでいて、話を聞いてやれなかった。テツは、俺の甥っ子と楽しそうに遊んでいたから、自殺を考えているなんて全然気づかなかった」

広と武は、しばらく無言で見つめ合った。

自分の考えていることを言葉にしようと、そして聴き取ろうと、お互いに必死な思いで。

広が先に口を開いた。

「命って、続くのよ。きっと。宇宙の中で、星が生まれて、命が誕生して、でも、いつか壊れて。原子や分子になって、また、くっついて細胞ができて、また、壊れて。人間の命なんて、宇宙から見たらちっぽけだけれど、でも、生きているっていうことは、かけがえがないこと。私が、自分の力でフミネちゃんの命を救えたかもしれない、なんて思うことは、おこがましいことだと悟った。フミネちゃんは、妹や弟のために生命保険のお金を残したくて、覚悟の自殺だったらしいの。私のおなかの中の赤ちゃんのことを考えると、余計、命は続くのよ、どこまでも、と思うの。母から自分へ、そして赤ちゃんへと続くみたいに」

うなずきながら、武が大きな手で広のおなかを撫でた。

そして、言葉を選びながら、ゆっくり話した。

「俺も、そう思う。命は続く。生きても、死んでも、きっと続く。生きている人間が死んだ人間に、とやかく言うのは、おこがましいことなのは、よく分かっている。テツは、きっとあの世にあこがれていただけさ。この世がつらくて、死んだわけじゃないかもしれない。あの世の方が、よく見えたから死んだだけ。でも、俺の中では、まだ答えが出ていない。いじめていた方しか、経験していないからね。いじめられる方の気持ちが、どれだけつらいものなのか、本当のところでは分からないのかもしれない。俺は、どこか冷たい人間だ、と思うよ」

「本当に人を思いやる気持ちって、むずかしいわね。でも、苦しんで生きてきたあなたは、もう十分、思いやりの心を持つ人。冷たくなんかないわ」

広は、わずかに膨らんだおなかを撫でている夫の手の上に、自分の両手を重ねた。

そして、広は、真っすぐに夫を見つめた。

夫は、それに応えるように言った。

「俺たちは、二人して、きっと別々のところで苦しんできたのさ。木村さおりが言う、似たもの同士なのさ。ありがとう。こんなに分かり合える人と巡り会えたことはない」

並んでミモザの木を見つめながら、広は心の中で言っていた。

「ミモザの前だと、これまで言えなかったこと、本当になんでも話せる気がする。告白。

まさにそうだわ。花言葉の通りだった」

窓の外、真っ白の雪が舞う中、アトリウムという温室の中で、広は消えていった命と、これから授かるはずの命の重みを、今、目に映るミモザを通して、しっかりと感じようと思った。

ずいぶん前、エリカの花に感じたような、暗い宇宙の孤独の気配はすっかり影を潜め、生命の力強い息吹が、おなかの中から光の泉のようにわいてくるのだった。

著者プロフィール

たなか りつこ

1959年9月13日生まれ。
北海道出身、在住。
北海道教育大学釧路分校卒業。
北海道大学大学院教育学院修士課程修了。
33年間養護学校教員として特別支援教育に携わる。

広の物語（ひろい）

2020年3月15日　初版第1刷発行

著　者　たなか りつこ
発行者　瓜谷 綱延
発行所　株式会社文芸社
〒160-0022　東京都新宿区新宿1－10－1
電話　03-5369-3060（代表）
03-5369-2299（販売）

印刷所　株式会社フクイン

ISBN978-4-286-21422-1